KB129854

Amélie Nothomb

푸른 수염

아멜리 노통브 지음　이상해 옮김

열린책들

BARBE BLEUE
by AMÉLIE NOTHOMB

This Korean edition is published by arrangement with
Éditions Albin Michel through Shinwon Agency.

이 책은 실로 꿰매어 제본하는 정통적인 사철 방식으로 만들어졌습니다.
사철 방식으로 제본된 책은 오랫동안 보관해도 손상되지 않습니다.

약속 장소에 도착한 사퇴르닌은 북적대는 사람들을 보고 내심 놀랐다. 물론 자신이 유일한 지원자는 아닐 거라고 짐작은 했지만, 지원자 열다섯 명이 이미 자리를 잡고 있는 대기실로 안내받을 거라고는 예상하지 못했다.

〈하긴, 믿기지 않을 정도로 좋은 조건이긴 했어. 그 방, 절대 나한테 돌아오지 않을 거야.〉 그녀는 이렇게 생각했다. 하지만 이왕 온 김에 기다려 보기로 마음먹었다. 이 멋들어진 대기실 때문에라도. 그녀가 파리 7구의 호화 저택에 발을 들여놓은 건 처음이었다. 사튀르닌은 겨우 대기실에 불과한 그 방의 호화로움, 드높은 천장, 고즈넉한 찬란함에 입을 다물지 못했다.

광고에는 이렇게 나와 있었다. 〈욕실 딸린 40m^2 크기의 방. 주방 기구 완비된 넓은 주방 자유롭게 사용 가.〉 겨우 월세 5백 유로에. 착오가 있는 게 분명했다. 파리에서 방을 구하러 다닌 이후로, 사튀르닌은 욕실도 없는 25제곱미터 크기의 지저분한 방이 월세 천 유로에도 금세 나가는 걸 숱하게 봐왔다. 따라서 그 기적적인 조건에는 무슨 꿍꿍이가 감춰져 있는 게 아닐까 싶었다.

지원자들을 둘러본 사튀르닌은 곧 그들이 모두 여자라는 사실을 깨달았다. 〈월세를 구하는 게 여성적인 현상이야, 뭐야?〉 그녀는 속으로 생각했다. 그 여자들은 하나같이 몹시 불안해 보였다. 그들의 심정이 이해가 되긴 했다. 그녀 역시 어떻게든 그 방을 얻고 싶었으니까. 그러나 언감생심, 어떻게 그녀가 너무나 당당해 보이는 저 부인이나 신경 써서 머리를 손질한 저 비즈니스 우먼을 제치고 선택을 받겠는가?

옆에 앉은 여자가 그녀를 흘낏거리다가 그 질문에 대답했다.

「방은 당신 차지가 될 거예요.」

「뭐라고요?」

「당신이 가장 젊고 예쁘니까. 당신이 방을 얻을 거예요.」

사튀르닌은 인상을 찌푸렸다.

「그 표정, 당신한테 안 어울려요. 면접실에 들어갈 때는 긴장을 풀어요.」

「제가 알아서 할게요.」

「화내지 말아요. 이 집 주인 평판, 못 들어 봤어요?」

「평판이라뇨?」

여자는 알쏭달쏭한 표정을 지으며 입을 다물었다. 그리고 사튀르닌이 제발 좀 귀띔해 달라고 사정하길 기대했다. 하지만 사튀르닌은 그냥 앉아 기다리는 것으로 만족했다. 어쨌든 그 여자가 먼저 말하리라는 걸 알았으니까. 아니나 다를까.

「여기 이렇게 줄을 선 게 우리가 처음은 아니에요. 이미 여덟 명의 여자가 그 방을 얻었죠. 그런데 모두 사라졌어요.」

「방이 마음에 안 들었나 보죠, 뭐.」

「내 말을 이해하지 못했군요. 그들은 그 점에 대해 이러니저러니 말을 할 기회를 갖지 못했어요. 더 이상 그들에 대한 얘기를 들을 수 없었으니까.」

「죽었나요?」

「아뇨. 실종이 곧 죽음은 아니니까.」

여자는 사튀르닌의 반응에 만족한 듯 보였다.

「그럼 여긴 왜 오셨어요? 당신도 사라지고 싶은가요?」 사튀르닌이 물었다.

「난 선택될 위험이 전혀 없어요. 하지만 나로서는 이게 집주인을 만나 볼 수 있는 유일한 방법이에요.」

사튀르닌은 여자가 기다릴 법한 질문을 하지 않았다. 그녀의 수다에 짜증이 났으니까. 여자가 다시 입을 열었다.

「돈 엘레미리오는 절대 외출을 하지 않아요. 사진이나 초상화를 본 사람도 없고요. 그래서 그가 어떻게 생겼는지 알고 싶어요. 수많은 여자들이 그에게 홀딱 빠졌거든요.」

사튀르닌은 슬슬 달아나고 싶은 마음이 들기 시작했다. 그녀는 유혹하는 남자들을 끔찍하게 싫어했다.

하지만 불행하게도 그녀에게는 방을 구하러 다닐 기력이 더는 남아 있지 않았다. 그리고 저녁 때 마른 라발레에 있는 친구 코린의 집으로 돌아가는 건 생각만 해도 속이 메스꺼웠다. 코린은 유로 디즈니에서 일을 했고, 방 두 개짜리 아파트를 벨기에 아가씨 사튀르닌과 함께 쓰는 걸 아주 흡족해했다. 하지만 사튀르닌이 담배 냄새에 찌든 소파에 누워 잠을 청할 때면 숨이 막혀 질식할 지경이라는 건 짐작도 하지 못했다.

「광고에 성별이 명시되어 있었나요? 어째 여자들밖에 없네요.」 사튀르닌이 물었다.

「광고에는 아무것도 명시되어 있지 않았어요. 모두들 알고 있는 거죠. 당신만 빼고. 외국인이세요?」

사튀르닌은 진실을 말하고 싶지 않았다. 한결같은 반응이 지겨웠으니까(〈오! 나한테도 벨기에 친구가 하나 있는데……〉 같은). 그녀는 벨기에 친구가 아니었다. 그녀는 그냥 벨기에 사람이었고, 그 여자의 친구가 되고 싶지 않았다. 그래서 대답했다.

「전 카자흐예요.」

「뭐라고요?」

「카자흐스탄에서 왔다고요. 코사크 기병대 아시죠? 세상에서 가장 잔인한 전사들. 우린 심심하면 죽여요.」

여자는 다시 입을 열지 않았다.

사튀르닌은 잠시 생각에 잠겼다. 그녀가 두려울 게 뭐가 있겠는가? 그녀는 벼락 같은 사랑에 빠지는 유형이 아니었다. 특히 바람둥이는 질색이었다. 실종도 다 지어낸 이야기 같았다. 어쨌거나 실종되는 게 마른라 발레로 돌아가는 것보다는 덜 끔찍했다.

그녀는 열다섯 명의 지원자를 둘러보았다. 그 누구도 방이 절실히 필요해서 오지는 않았다는 게 확연히 보였다. 그들은 고급 주택가에 사는 여자들로, 오로지 에스파냐 귀족 성을 가진 남자에 대한 호기심 때문에 온 것이었다. 그 사실을 확인하자, 사튀르닌은 속이 부글거려 참을 수가 없었다. 그녀는 귀족이라면 사족을 못 쓰는 프랑스인의 천박한 기질을 견딜 수가 없었다.

〈워워, 마음을 가라앉혀.〉 그녀는 속으로 생각했다. 〈우스꽝스러운 수군거림 따위에는 신경 쓰지 마. 넌 방을 얻기 위해 여기 와 있는 거야. 그게 다야.〉

두 시간 후, 비서인 듯한 남자가 아름답기 그지없는 말린 꽃들로 장식된 어마어마하게 넓은 사무실로 그녀를 안내했다.

사튀르닌이 악수를 청하는 남자에게서 본 것은 한 가지뿐이었다. 생기 없는 눈빛, 지친 목소리, 남자는 극심한 우울증을 앓고 있는 듯 보였다.

「반갑소, 아가씨. 내가 돈 엘레미리오 니발 이 밀카르요. 나이는 마흔넷이고.」

「전 사튀르닌 퓌이상이에요. 스물다섯 살이고요. 루브르 미술학교에서 보조 교사로 일하고 있어요.」

그녀는 그 사실을 아주 자랑스럽게 밝혔다. 그녀

또래의 벨기에 아가씨에게 그런 일자리는 쉽사리 따낼 수 있는 게 아니었으니까. 비록 비정규직이라 할지라도.

「방은 당신 거요.」 남자가 말했다.

적잖이 당황한 사튀르닌이 물었다.

「다른 지원자들은 다 거절해 놓고, 왜 이렇게 쉽게? 제가 루브르 미술학교에 근무하기 때문인가요?」

「좋을 대로 생각하시오. 방부터 보여 드리지.」 그가 무덤덤하게 대답했다.

그를 따라 무수히 많은 방을 지나자, 그녀에겐 어마어마하게 커 보인 방에 도달했다. 그 방은 딱히 뭐라 정의할 수 없을 만큼 독특하고 호화로웠다. 방에 딸려 있는 욕실은 최근에 수리를 한 것 같았다. 사튀르닌으로서는 감히 꿈조차 꿔볼 수 없을 정도로 호사스런 방이었다.

돈 엘레미리오는 아주 넓은 현대식 주방으로 그녀를 안내했다. 그는 그녀의 전용 냉장고도 따로 마련해 뒀다고 알려 줬다.

「다른 사람들이 무엇을 먹고 사는지 알고 싶지 않

아서.」 그가 말했다.

「요리를 직접 하세요?」 그녀가 놀라워하며 물었다.

「물론. 요리는 하나의 예술이자 권력이오. 내가, 그것이 누구든, 누군가의 권력에 복종하는 일은 있을 수 없소. 당신이 내가 하는 식사를 함께하고 싶다면 그건 대환영이오만, 반대의 경우는 사절이오.」

마지막으로 그는 검게 칠해진 문 앞으로 그녀를 데려갔다.

「여긴 내가 사진을 현상하는 암실의 문이오. 잠겨 있진 않소. 신뢰의 문제니까. 물론 이 방에 들어가는 건 금지요. 당신이 이 방에 발을 들여놓는다면 내가 알게 될 거고, 당신은 크게 후회하게 될 거요.」

사튀르닌은 입을 다물었다.

「이곳만 제외하고 어디든 돌아다녀도 좋소. 질문 있소?」

「계약서에 서명을 해야 하나요?」

「그건 내 비서, 일라리옹 그리블랑과 해결하시오.」

「언제부터 들어올 수 있나요?」

「지금 당장.」

「그러려면 마른 라 발레에 있는 친구 집으로 짐을 가지러 가야 해요.」

「내 운전기사를 딸려 보내도 되겠소?」

수도권 고속 전철을 타고 돌아갈 생각에 암담했던 사튀르닌은 체면 따윈 팽개치고 제안을 받아들였다.

「나랑 지내는 게 불편했어?」 코린이 물었다.

「아냐. 나야 고맙기 한량이 없지. 하지만 기약 없이 네 신세만 지고 있을 순 없었어.」

「난 네가 걱정돼. 네 계획, 그거 영 찜찜해.」

「코린, 날 잘 알잖아. 난 결코 호락호락하지 않은 여자야. 시간 날 때 언제든지 놀러 와. 가장 가까운 지하철역이 라 투르모부르야. 계약서를 읽어 봤는데, 손님을 초대해도 된대.」

「무심코 그 암실에 발을 들여놓기라도 하면?」

「난 그런 실수 안 해. 게다가 난 그의 사진 따위에는 관심 없어.」

고급 승용차 벤틀리가 건물 아래에서 기다리고 있었다. 운전기사는 올 때나 돌아갈 때나 입 한 번 벙긋하지 않았다. 그는 저택 안마당에 주차를 했다. 날이 저물기 시작하자, 사튀르닌의 눈에는 그 저택이 더욱 환상적으로 보였다.

그녀는 벽 속에 감춰진, 그녀에겐 지나치게 넓어 보인 붙박이장에 짐을 정리했다. 밤 8시경, 누군가가 노크를 했다.

「안녕하세요, 아가씨. 제 이름은 멜렌입니다. 집 안 청소를 담당하고 있죠. 방과 욕실 청소는 몇 시에 해 드리면 되겠습니까?」

「깨끗해서 청소를 안 해도 될 것 같은데요.」

「물론 그렇죠. 그래도 매일 청소를 하는 게 제 의무입니다. 주인님께서 저녁 식사를 함께하자고 제안하시는데, 초대에 응하신다면 제가 지금 청소를 해드릴 수도 있습니다.」

「좋으실 대로 하세요.」 주방을 향해 걸어가며 그녀가 말했다.

주방에서 계란을 피라미드처럼 쌓아 놓고 바라보

던 돈 엘레미리오가 그녀를 보고는 마음에 드느냐고 물었다. 그녀는 긍정적으로 대답했다.

그는 곧 심혈을 기울여 더럭 겁이 날 정도로 완벽한 오믈렛을 만들어 냈다.

「당신만 괜찮다면, 여기서 식사를 하도록 합시다.」

식탁은 보기도 좋고 촉감도 좋은 안전유리로 된 것이었다. 돈 엘레미리오는 등받이 없는 높은 의자에 앉았고, 그녀에게 어서 먹어 보라고 권했다.

그가 말없이 먹기만 했기 때문에, 그녀는 그를 흘낏흘낏 쳐다보지 않을 수 없었다. 바람둥이라는 그의 평판은 도대체 어디서 온 것일까? 그의 용모는 아무리 후하게 평가해도 그저 봐줄 만한 정도였다. 의상도 지극히 평범했고, 행동거지에서 눈길을 끄는 것도 없었다. 대화는 아예 존재하질 않았다. 그에게서 어떤 자질을 찾아내야만 했다면, 그녀는 큰 어려움을 겪었을 터였다.

「주로 하시는 일이 뭐예요?」 그녀가 물었다.

「없소.」

「물론, 사진을 빼놓고?」

잠시 침묵이 떠돌았다.

「물론이오. 하지만 자주 찍지는 않소. 영감이 떠오르길 기다리지만, 그리 자주 찾아오지는 않지.」

「그럼 뭘 하면서 시간을 보내세요?」

그녀는 자신의 무례한 질문에 그가 당황하리라고 예상했다. 하지만 전혀 그렇지 않았다.

「난 에스파냐 사람이오.」

「제가 드린 질문은 그런 게 아니었어요.」

「그게 내가 주로 하는 활동이오.」

「활동? 그게 뭘 하는 건데요?」

「세상 어떠한 품격도 에스파냐 사람의 품격에는 미치지 못하오. 어림도 없지. 난 하루 종일 그 품격을 지키오.」

「그럼, 예를 들어 오늘 밤에는 어떤 식으로 그 품격을 지키실 건가요?」

「종교 재판 기록을 다시 읽을 거요. 정말 훌륭하지. 어떻게 그런 법정을 비방할 수 있는지 난 이해할 수가 없소.」

「그 법정이 살인과 고문을 자행했기 때문이겠죠.」

「살인과 고문은 종교 재판소가 세워지기 훨씬 이전에 행해졌소. 종교 재판소는 무엇보다 법정이었소. 각 개인에겐 처형당하기 전에 재판받을 권리가 있었고.」

「재판을 흉내 낸 거겠죠.」

「천만에. 내가 요즘 당시 판결문 원본들을 다시 읽고 있는데, 아주 탁월한 형이상학이라 할 수 있소. 이전의 야만에 비하면 얼마나 큰 진보인지! 그전에는 마법을 행한다고 고발을 당하면 곧바로 화형대로 끌려갔소. 하지만 성스러운 종교 재판소 덕분에 마녀도 신명 재판을 통과하면 무죄로 풀려날 수 있었소.」

「신명 재판을 받고 무죄로 풀려난 마녀가 몇 명이나 되죠?」

「단 한 명도 없었소.」

사튀르닌이 웃음을 터뜨렸다.

「당신 말이 맞네요. 정말이지 엄청난 진보군요.」

「그건 아무런 관계가 없소. 신명 재판을 통해 그 마녀들이 죽을 짓을 했다는 게 증명됐으니까.」

「맨발로 시뻘건 불 위를 걸어 본 적 있으세요?」

「보아하니, 당신, 헛똑똑이로군. 당신 잘못이 아니

지. 당신은 프랑스 여자니까.」

「아뇨, 전 벨기에 여자예요.」

그가 고개를 들더니 그녀를 흥미롭게 바라보았다.

「그렇다면 당신도 부분적으로 에스파냐 사람이오. 카를로스 5세 덕분에.」

「그거, 먼 옛날 얘기 아니에요?」

「아니오. 우린 결코 16세기를 벗어나 본 적이 없소. 면죄부 밀매도 그 때문이고.」

그때까지 사튀르닌은 어떻게든 자신을 도발하려는 사람과 마주하고 있다고 생각했다. 그런데 그 순간, 그녀는 자신이 미치광이와 마주하고 있다는 사실을 깨달았다.

「종교 재판 판결문 원본을 읽는 것도 한계가 있을 텐데, 그다음에는 뭘 읽으실 거죠?」

「그라시안[1]과 륄[2]을 다시 읽을 거요.」

1 Baltasar Gracián y Morales(1601~1658). 에스파냐 황금시대의 예수회 작가. 우리나라에도 잠언집 『지혜의 기술』이 소개되어 있다.

2 Ramon Llull(1232~1315). 마조르크 왕국 출신의 철학자, 시인, 신학자. 카탈루냐 문학의 창시자로, 중세 시대 신학과 문학을 대표하는 인물 중 하나이다. 기사도를 신봉하다 기독교로 개종해 포교에 힘썼고, 카탈루냐어, 라틴어, 아랍어로 많은 저작을 집필했다.

「루브르 박물관 에스파냐 관이 당신에겐 딱이겠네요. 거기 자주 가시죠?」

「한 번도 가본 적이 없소.」

「농담인가요?」

「아니오. 난 결코 외출을 하지 않소. 20년 전부터 이 집을 벗어나 본 적이 없지.」

「차를 타고 드라이브를 나간 적도?」

「없소.」

「그럼, 운전기사와 벤틀리는 왜 소유하고 계세요?」

사튀르닌은 〈운전기사를 소유하다〉라는 표현을 서둘러 고치려 했다. 하지만 집주인은 그 표현에 전혀 충격을 받지 않은 것 같았고, 이렇게 대답했다.

「내 비서와 청소 담당이 차 좀 쓰자고 운전기사에게 자주 도움을 청한다오. 내 경우는 집에 머무는 걸 더 좋아하고. 바깥세상은 그 천박함과 따분함으로 나에게 충격을 주거든.」

「여기 틀어박혀 지내면 심심하지 않으세요?」

「따분한 순간들이 있긴 하지. 하지만 사교 리셉션이나 친구들 간의 저녁 파티에서 느끼는 따분함에 비하면 아무것도 아니오. 나에겐 더 이상 친구가 없소. 너무 성가셔서.」

「어쩌면 당신과 잘 맞는 사람들을 못 만난 건지도 모르죠.」

「거의 당신 나이가 될 때까지는 나도 사람들이 사교 생활이라 부르는 걸 했었소. 맹세하건대, 나도 나름대로 많은 노력을 했다오. 그런데 결국 사람들의 속내 이야기는 다 그게 그거라는 생각이 들더군. 난 그라시안, 륄, 토르케마다[3]를 읽으며 비할 수 없이 더 큰 즐거움을 느낀다오. 그들이 나에게 아무것도 요구하지 않는 만큼, 더더욱.」

「당신이 사람들에게 염증을 느낀 건 이해가 돼요. 하지만 파리, 숲, 세상이 있잖아요!」

돈 엘레미리오는 됐으니 제발 그만하라는 손짓을 했다.

「그것들도 다 봤소. 사람들은 여행에서 돌아와서는

3 Tomás de Torquemada(1420~1498). 에스파냐 성 도미니크회 수도사로, 1483년부터 사망할 때까지 에스파냐 종교 재판소의 첫 최고 종교 재판관을 역임했다.

이렇게 말하지. 〈나이아가라 폭포를 둘러보고 왔어.〉 그런 여행을 하려면 나에게는 없는 단순함이 필요하오. 무슨 말인지 알겠소? 그 사람들은 정말로 자기들이 나이아가라 폭포를 만들었다고 믿는다오.」[4]

「왜 자살하지 않으세요? 내가 당신처럼 생각한다면, 벌써 목을 맸을 거예요.」

「잘못 알고 있군. 내 삶에 아예 재미가 없는 것은 아니오.」

「고서들이 있죠. 살아가는 데 그걸로 충분한가요?」

「그것만 있는 건 아니오. 주님, 그리스도, 성령도 있소. 난 에스파냐 사람 중에서도 가장 독실한 가톨릭 신자요. 그것이 내 삶의 상당 부분을 채운다오.」

「그런데 왜 미사에는 안 가세요?」

「미사가 내게로 오니까. 당신이 원한다면, 한 에스파냐인 신부가 매일 아침 오로지 나만을 위해 예배를 올

4 프랑스어 동사 〈faire〉는 〈여행하다〉와 〈만들다〉 두 가지 뜻을 다 가지고 있다. 그래서 〈faire les chutes du Niagara〉는 〈나이아가라 폭포를 구경하다〉로도, 〈나이아가라 폭포를 만들다〉로도 해석될 수 있다. 돈 엘레미리오는 단어가 가진 다의(多意)를 이용해, 여행을 다녀와서는 자신이 본 것을 마치 자신이 만들기라도 한 것처럼 과장되게 떠벌이는 사람들을 조롱하고 있다.

리는 예배당을 보여 주겠소. 주방들 바로 옆에 있소.」

「알면 알수록, 점점 더 당신의 삶이 별로라는 생각이 드네요.」

「그리고…… 여자들도 있소.」

「어디 감춰 두신 거예요? 난 한 명도 못 봤는데?」

「당신도 감춰지고 싶소?」

「전 당신의 여자가 아니에요.」

「내 여자요. 오늘 아침부터는.」

「천만에요. 전 계약서를 조목조목 읽어 보고 서명했어요.」

「그건 계약서에 담기에는 너무나 미묘한 문제지.」

「좋을 대로 말씀하세요. 전 당신한테 조금도 끌리지 않으니까.」

「나 역시 그렇소.」

「그럼 왜 절 당신의 여자라고 하시죠?」

「운명이니까. 오늘, 방을 얻기 위해 열다섯 명의 여자가 왔었소. 당신을 보는 순간, 난 즉시 당신과 함께라면 운명이 완수될 수 있으리라는 걸 알았소.」

「내 동의 없이는 아무것도 완수되지 않을 거예요.」

「그렇긴 하오.」

「따라서 아무것도 완수되지 않을 거예요.」

「당신을 이해하오. 당신이 날 마음에 들어 하지 않는 건 당연하오. 난 매력적인 남자가 아니니까.」

「사람들에게 염증을 느꼈다고 하셨는데, 남자들에 대해 그렇다는 얘기였군요.」

「여자들도 지겹긴 마찬가지요. 하지만 그중 몇몇하고는 사랑이, 결코 싫증 나지 않는 사랑이 가능하지. 거기에 미스터리가 있소.」

사튀르닌은 인상을 찌푸렸다.

「방을 세놓는 건 오로지 여자를 찾기 위해선가요?」

「물론이오. 다른 어떤 목적이 있겠소?」

「전 돈 때문일 거라고 생각했어요.」

「월 5백 유로. 농담이 심하시군!」

「저한테는 큰돈이에요.」

「가엾은 아가씨.」

「동정 사려고 한 말은 아니었어요. 전 이해가 안 돼요. 당신 같은 남자라면 여자들을 만나는 데 아무런 문제가 없을 텐데.」

「그렇소. 난 세상 모든 여자들이 노리는 독신자 중 하나요. 그게 내가 더는 외출을 하지 않는 이유이기도 하고. 사교 리셉션에 갈 때마다 여자들이 진을 치고 날 기다리니까. 정말 한심하지.」

「감동적일 정도로 겸손하시네요.」

「난 당신이 생각하는 것보다 훨씬 겸손한 사람이오. 그 여자들을 혹하게 하는 게 내 용모도, 개성도 아니란 걸 난 아오.」

「그래요, 돈 많은 남자들이 겪는 비극이죠.」

「아직 뭘 모르는군. 돈이라면 나보다 훨씬 많은 사람들도 있소. 나의 비극은 내가 세상에서 가장 고귀한 남자라는 데 있소.」

「저것 보라니까.」

「전문가들이 당신에게 말해 줄 거요. 세상 어떠한 귀족도 에스파냐 귀족의 발끝에도 미치지 못한다는 걸. 이 명백한 사실 때문에 우리는 우리나라의 귀족을 지칭하는 새로운 낱말을 발명해 내야만 했소.」

「그랑데스.」[5]

5 Grandesse. 에스파냐의 대공작을 지칭하는 말.

「그걸 어떻게 아시오?」

「하찮은 벨기에 평민도 아는 게 있을 수 있어요.」

「말이 나왔으니 말인데, 다른 나라에서는 그 문장(紋章)들을 도대체 어떻게 믿소? 누구는 백작, 누구는 후작이나 대공 등등이라고 공포하는 그 터무니없을 정도로 복잡한 체계를…….」

「실례지만, 이것도 알아 두셨으면 해요. 벨기에는 알바 공작[6]을 기억하고 있어요.」

「그렇군. 하지만 우리나라에서 그 칭호들은 신사나 숙녀의 가치를 가지오. 중요한 건 귀족에 속한다는 거지. 사람들은 흔히 에스파냐 귀족이라고 말하오. 프랑스 귀족이라고 한번 말해 보시오. 얼마나 우스꽝스럽게 들리는지.」

「그럼 왜 프랑스에 살고 계세요?」

「니발 이 밀카르 집안은 망명 중이오. 조상 중 한 분이 프랑코 총독을 급진 좌파로 취급했다가 그의 눈 밖에 나고 말았소. 이유는 모르겠지만, 그의 적들 역

6 Fernando Álvarez de Toledo y Pimentel(1507~1582). 카를로스 5세의 아들 필리페 2세의 명을 받아 네덜란드의 신교도들을 탄압했다.

시 우리를 눈꼴시어한다오.」

「정치적으로, 프랑스의 현 체제가 당신에게 맞나요?」

「천만에. 나에게 이상적인 건 봉건제와 결합된 군주제일 거요. 하지만 지상에는 더 이상 그런 게 존재하지 않소.」

「다른 행성에 갈 생각은 안 해보셨나요?」 슬슬 재미가 들린 사튀르닌이 물었다.

「물론 해봤소.」 돈 엘레미리오가 세상에서 가장 진지한 표정을 지으며 대답했다. 「스무 살 때 나사NASA의 테스트에 응시했는데, 생리학적 이유 때문에 떨어졌소. 그랑데스의 특징인데, 우린 너무 긴 내장을 갖고 있다오. 면죄부 밀매도 그 때문이고.」

「당신 이야기에는 나로서는 도무지 이해할 수 없는 인과성이 있어요.」

「귀족들의 내장 길이를 고려할 때 에스파냐 사람들의 회한은 소화하기가 훨씬 어렵다오. 면죄부 밀매가 소화기 계통의 많은 문제들을 완화해 줬지. 간단히 말해, 그런 이유로 난 우주여행을 할 수가 없소. 그래서 파리에 머무는 거요.」

「하지만 파리에서는 면죄부 밀매가 행해지지 않아요, 돈 엘레미리오.」

「모르는 소리 마시오. 난 매일 아침 내가 지은 죄를 사해 주는 고해 신부에게 금화 몇 개씩을 쥐여 주고 있소.」

「누구는 주머니가 두둑하겠군요.」

「빈정대지 마시오. 그 바람에 이야기의 끈을 놓치고 말았잖소. 내가 무슨 얘길 하고 있었소?」

「여자 얘기요. 당신이 너무 고귀한 사람이라 여자들과 문제가 있다는…….」

「그렇소. 누구와 결합을 하건 신분을 떨어뜨리는 일이 될 것이기에 나는 결혼을 포기했소. 그런데 사교계를 드나드는 여자들은 남편감을 기대한다오.」

〈상태가 심각하군.〉 사튀르닌은 속으로 생각했다.

「내가 방을 세놓기로 한 건 그 때문이오. 세 들어 사는 여자들은 결혼을 바라지 않지. 이미 같이 사니까.」

「그거, 가톨릭 교리에 맞는 것 같진 않네요.」

「그렇소. 그래서 신부가 그 죄를 사하기 위해 나에게 많은 금화를 요구한다오.」

「그렇다면 저는 안심이네요. 참, 제가 평민인 게 거슬리진 않으세요?」

「니발 이 밀카르 사람들에게 있어 가문 바깥의 사람은 모두가 평민이라오. 난 프랑스에서 흔히 만날 수 있는 얼치기 귀족보다는 당신 같은 평민을 훨씬 선호하오. 자기 조상이 아잿쿠르나 부빈 출신이라고 말하는 사람들, 정말 한심하지.」

「그 점에 대해선 저도 동의해요. 하지만 당신이 그들보다 나은 게 뭐가 있죠?」

「니발 이 밀카르 사람들은 카르타고 사람들과 그리스도의 후손이오. 프랑스의 떨거지들하곤 비교가 안 되지.」

「카르타고 사람들은 그렇다고 쳐요. 그런데 그리스도는…… 확실해요?」

「그리스도가 에스파냐인이란 걸 사람들은 충분히 알지 못하오.」

「갈릴리인 아니었나요?」

「갈릴리에서 태어나고도 에스파냐인일 수 있소. 나도 비록 프랑스에서 태어났지만, 그리스도를 제외하고 나보다 더한 에스파냐인은 찾지 못할 거요.」

「말도 안 돼요, 당신 이야기.」

「천만에. 그리스도는 세상에서 가장 에스파냐적인 품행을 보이오. 게다가 그는 돈키호테이기도 하지. 돈키호테가 원조 에스파냐인이라는 건 당신도 부인하지 않을 거요.」

「부인하지 않겠어요.」

「그렇다면 돈키호테의 각 특징을 취해서 거기다 15를 곱해 보시오. 그러면 그리스도가 나올 거요. 그리스도는 에스파냐를 발명했소. 니발 이 밀카르 사람들이 기독교의 챔피언들인 건 바로 그 때문이오.」

「그런데 세 들어 사는 여자들은 그 일에 뭐 하러 등장하죠?」

「그들은 둘시네아 델 토보소[7]처럼 시골 아가씨에 불과한데 내가 호의로 귀부인의 반열에 올려놓아 준 비천한 여자들이오.」

「시골 아가씨? 인정하죠. 그런데 당신은 왜 양갓집

7 돈키호테가 받들었던 귀부인. 실제로는 알론사 로렌소라는 시골 아가씨이다.

규수를 택하지 않고 시골 아가씨들한테 관심을 가지는 거죠?」

「양갓집이라니, 역겹소. 어느 집안이 니발 이 밀카르 가문과 어깨를 나란히 할 수 있단 말이오? 난 그따위 망상보다는 우연이 더 좋소. 신성한 우연은 동거라는 은혜를 통해 언제나 나에게 여자들을 보내 줬소.」

「하지만 지원자 열다섯 명 가운데 적어도 하나는 당신의 혈통을 알고 있었어요.」

「모두가 알고 있었소. 그래서 모르고 있는 여자를 선택한 거고.」

「저도 이젠 모르지 않아요.」

「그렇소. 내가 워낙 예의 바르다 보니 알려 주기까지 하는 거지.」

「제가 가버린다면?」

「그야 당신 자유요.」

「안 갈래요. 전 당신이 두렵지 않아요.」

「당연히 그래야지. 나는 내가 아는 한 세상에서 가장 믿을 만한 사람이니까.」

「그것 참 묘한 답변이네요. 자기 자신을 믿을 만하

다고 말하는 사람들 역시 그렇지 않은 사람들만큼이나 위험해요.」

「그렇소. 하지만 규칙이 명확하니 위험을 피하는 것도 가능하오. 후식 들겠소?」

「그런 식으로 제안하시니 마치 무슨 위협 같군요.」

「위협이라고 할 수 있지. 계란 노른자로 만든 크림이니까.」

「주요리로 오믈렛을 먹었는데, 후식도 계란인가요?」

「난 계란에 대해 신학적인 열정을 갖고 있소.」

「위장이 적응을 하나요?」

「소화는 순수하게 가톨릭적인 현상이오. 신부가 내 죄를 사해 주기만 한다면, 나는 벽돌도 소화할 수 있소. 덧붙이자면, 성스러운 에스파냐는 언제나 계란에 그에 걸맞은 자리를 내줬소. 바르셀로나에서는 수녀들이 베일에 풀을 먹이려고 계란 흰자를 매일같이 써 대는 바람에 요리사들이 계란 노른자를 이용한 수많은 조리법을 발명해 내야 했다오.」

「그럼 좀 줘보세요.」

집주인은 순금으로 된 잔을 가지러 갔고, 부드러운

노른자 크림으로 그것을 채웠다. 사튀르닌은 넋을 잃고 황홀경에 빠져들었다.

「바로크 양식의 금잔에 담긴 불투명한 노른자 크림이 너무 아름다워요!」 그녀가 마침내 입을 열었다.

돈 엘레미리오는 처음으로 진정한 호의를 가지고 그녀를 쳐다보았다.

「그걸 느낀단 말이오?」

「어떻게 느끼지 않을 수 있겠어요? 붉은색과 금색, 푸른색과 금색, 심지어 녹색과 금색도 더없이 아름다운 조합이지만, 고전적이죠. 노란색과 금색은 예술에 잘 안 나타나요. 왜 그렇겠어요? 그건 가장 광택이 없는 것에서 가장 눈부시게 번쩍이는 것까지 펼쳐진 빛의 색깔 그 자체이기 때문이에요.」

그가 숟가락을 내려놓고 더없이 엄숙하게 선언했다.

「아가씨, 나는 당신을 사랑하오.」

「벌써요? 그까짓 걸로?」

「당신이 금방 나에게 심어 준 탁월한 인상을 분별없는 발언으로 망치지 말아 주길 바라오. 금은 하느님의 실체요. 에스파냐만큼 금에 대해 예민한 감각을 지닌 나라는 세상 어디에도 없소. 금을 이해하는 건 에스파냐를, 따라서 나를 이해하는 거요. 그래서 난 당신을 사랑하오.」

「좋아요. 하지만 전 당신을 사랑하지 않아요.」

「사랑하게 될 거요.」

사튀르닌은 계란 노른자 크림을 맛보았다.

「정말 맛있어요.」

그녀가 다 먹을 때까지 기다렸다가 돈 엘레미리오가 외쳤다.

「당신을 더욱 사랑하오!」

「무슨 일이 있었나요?」

「느끼하다든지 너무 달짝지근하다고 덧붙이지 않은 건 당신이 처음이오. 당신은 비위가 약한 사람이 아니오.」

사튀르닌은 그녀로선 전혀 이해할 수 없는 열정을 증폭시킬까 봐 두려워 더는 입을 열지 않으려고 애썼다. 그녀는 자신을 뚫어 버릴 듯 바라보는 남자의 뜨거운 눈길을 피하기 위해 피곤하다는 핑계를 대고 자기 방으로 돌아갔다.

침대에 누운 사튀르닌은 믿기지 않을 정도의 편안함에 큰 충격을 받았다. 〈이런 쾌락을 맛보기 위해서라면 아무리 조잡한 사랑 고백이라도 받아들이겠어.〉 그녀는 잠들기 전에 이렇게 생각했다. 그 방은 파리 한가운데에서 어떻게 이런 일이 가능할까 싶을 정도로 조용했다. 마른 라 발레의 소파와는 전혀 다른 세상에 속했다.

몇 달 동안 야전 침대에 누워 잠을 청해 본 적이 있는 사람이면 누구나 그렇듯, 한 번 사치를 맛본 그녀는 이내 더는 그 침대 없이 지낼 수 없으리라는 것을 깨달았다. 한밤중에 볼일을 보기 위해 일어났을 때,

그녀의 발이 나무가 깔린 미지근한 마룻바닥을, 곧이어 따뜻하게 데워진 욕실 대리석 바닥을 밟았다. 그녀는 대리석 바닥의 따뜻함에 입을 다물지 못했다.

그녀는 아침에 일어나자마자 거울을 보러 갔다. 그녀가 자신에게서 한 번도 본 적이 없는 부드러운 기운이 그녀의 얼굴을 환히 밝히고 있었다. 그녀가 〈교외에 사는 사람의 지친 몰골〉이라고 불렀던 것이 고향을 떠난 이후 처음으로 그녀에게서 사라지고 없었다.

그녀가 줄을 당겨 하인을 불렀다. 5분 후, 누가 노크를 했다. 멜렌이었다.

「아침 식사는 방에서 드시겠습니까, 아가씨?」

「그래도 되나요?」

「침대에서 드시겠습니까, 탁자에서 드시겠습니까?」

「침대에서 먹는 걸 무척 좋아하지만, 부스러기가 떨어져서…….」

「시트를 매일 갈기 때문에 괜찮습니다. 커피, 차, 크루아상, 계란, 과일 주스, 우유, 시리얼?」

「블랙커피로 부탁드릴게요. 크루아상 몇 개하고.」

루브르 미술학교로 출발했을 때, 그녀는 반쯤 얼이

빠진 상태였다. 그녀는 대부분이 그녀 또래인 수강생들이 마침내 그녀를 존중하고 있다는 확신을 가지고 마치 장난을 치듯 거침없이 강의를 했다.

그녀가 방에서 공부를 하고 있는데, 멜렌이 와서 주인님이 저녁 식사를 같이하길 청한다고 전했다.

「내가 거절하면 어떤 일이 일어날까요?」 그녀가 물었다.

「상관없습니다. 아가씨 자유니까요. 음식을 방으로 갖다 드릴까요?」

자신이 자유롭다는 것에 그녀는 한결 마음이 놓였다.

「아뇨, 갈게요.」 그녀가 말했다.

그녀가 주방에 도착했을 때, 돈 엘레미리오는 한창 요리를 하고 있었다. 그는 실내복 위에 거대한 앞치마를 두르고 있었다.

「안녕하시오, 아가씨. 내가 포피에트[8]를 준비했소.」

그녀가 웃음을 터뜨렸다.

「싫어하오?」

8 채소로 속을 넣어 둥글게 말은 고기 요리.

「아뇨. 너무나 프랑스적인 음식이라……. 에스파냐 귀족이 프랑스 가정의 고전적인 요리를 선택하리라고는 예상하지 못했어요.」

「벨기에에서는 이 요리를 안 먹소?」

「딱 한 번 먹어 봤어요. 투르네에 사시는 늙은 숙모님 댁에서. 숙모님께선 이걸 〈머리 없는 새들〉이라고 부르셨죠. 그 이름 때문에 난 손도 대지 않았어요. 내가 열 살 때였는데, 숙모님께서 억지로 먹이셨죠. 난 먹을 만하다고 인정해야만 했어요.」

「〈머리 없는 새들〉이라…… 벨기에 특유의 어법이오?」

「아마 그럴 거예요.」

「당신 나라는 정말 야만적인 나라로군!」

「모든 사람이 성스러운 종교 재판소 법정을 가진 나라의 태생일 순 없죠.」

「그렇긴 하지.」 아이러니를 간파하지 못한 채 그가 대답했다. 「내가 만든 포피에트는 먹을 만한 것 이상이길 바라오.」

그가 식탁을 차리고는 앞치마를 벗은 뒤 그녀와 마

주 보고 앉았다.

「음, 정말 맛있네요.」 그녀가 탄성을 질렀다.

「나는 당신을 사랑하오.」

「제발 식사 좀 하게 내버려 두세요.」

「당신을 만나려고 하루 종일 기다렸소.」

「마녀들의 유죄 판결문을 읽으며 시간을 보냈겠군요.」

「아니오. 사랑에 빠졌기 때문에 내가 온전히 나 자신이라는 느낌이 들었소. 그래서 어릴 적에 썼던 일기를 다시 읽어 봤소.」

그가 입을 다물었다. 그녀가 물어 주기를 바라며. 하지만 질문은 나오지 않았다. 그러자 그가 말을 이었다.

「난 내가 여덟 살이 되기 전에는 고해를 할 수 없으리라는 걸 알고 있었소. 그래서 내가 지은 죄를 잊어버릴까 봐 네 살 때부터 내 행동과 생각을 기록하는 습관을 들였다오. 난 내가 아직 선악을 구별할 수 없을 거라는 원칙에서 출발했소. 그래서 모든 걸 기록했지. 여덟 살이 되어 마침내 고해실에 들어갈 수 있게 되었을 때, 난 신부에게 여러 권의 공책을 보여 줬소. 당황스럽게도 신부는 그것들을 읽기를 거부했소. 그래서 내가 물었소. 〈제가 깜빡 잊고 과거에 지은 죄를 신부님께 고하지 않으면 지옥에 가게 되나요?〉 그는 아니라고 대답해 나를 안심시켰지. 〈여덟 살 이전에는 용서받지 못할 죄라는 게 아예 존재하질 않는단다.〉 어떻게 생각하시오?」

「전 지옥을 믿지 않아요.」

「참 경박하기도 하군! 내 질문은 그게 아니었소. 당신도 우리가 여덟 살 이전에는 용서받지 못할 죄를 저지를 수 없다고 생각하오? 내 일기에는 내가 자위행위를 발견한 다섯 살 때부터 그런 죄들로 가득하오.」

「당신의 비밀을 억지로 털어놓지 않아도 돼요. 난 당신의 고해 신부가 아니니까.」

「도둑질도 했다오. 같은 학교에 다니던 악동 하나를 무척 좋아했는데, 난 값어치가 나가는 물건을 갖다 주면 그 아이가 나에게 호의를 보인다는 사실을 알아차렸소. 그래서 집에서 은 식기를 슬쩍해 쉬는 시간에 갖다 주곤 했다오. 어느 날, 내가 그 아이 집에 놀러 갔는데, 그 아이 부모가 나더러 저녁을 먹고 가라더군. 식탁에 앉고 보니, 식기들이 모두 스테인리스로 된 것이었소. 그래서 내가 그 아이에게 내 선물들은 다 어떻게 했느냐고 물어봤소. 그는 그것들을 다 팔았다고 대답했고, 난 한없는 슬픔을 느꼈소. 난 두 번 다시 도둑질을 하지 않았고, 그 아이를 좋아하지도 않았소.」

「오늘 당신이 다시 읽은 게 그 이야기인가요?」

「아니오. 오늘은 내가 금을 발견한 순간을 다시 읽었소. 지금도 그렇지만, 예배당의 감실과 성체 현시대가 금으로 되어 있었소. 일곱 살이던 때, 어느 겨울날, 난 기도를 하러 갔었소. 석양빛이 정면으로 비추는 바람에 그 성물들이 비현실적으로 번쩍였소. 난 순간적으로 그 광채가 하느님의 현존을 나타낸다는 사실을 깨달았소. 난 망아 상태에 빠져들었고, 그 상태는 어둠이 그 광윤(光輪)을 집어삼킬 때까지 계속되었소. 이미 아주 깊었던 내 신앙심은 우주적인 규모에 도달했소.」

「안 드세요?」

「아니, 먹을 거요. 어제, 당신이 금잔에 담긴 계란 노른자의 아름다움에 탄복했을 때, 난 내가 일곱 살 때 겪었던 것에 비견될 수 있는 망아 상태를 경험했소. 그리고 내가 당신을 사랑한다는 사실을 알았소.」

「아주 좋아요. 나머지는 음식 다 드시고 얘기해 주세요.」

「마치 어린아이 다루듯 하는군!」 그가 말했다.

「수다 떠느라 맛있는 음식 식어 가게 내버려 두는 사람들, 짜증나요.」

「그럼, 식사를 마친 당신이 얘기하시오.」

「죄송하지만, 전 할 얘기가 없어요.」

「과묵한 성격이오?」

「전 스스로 과묵하다고 말하는 사람들 안 믿어요. 그 사람들, 5분만 지나면 자기 사생활을 시시콜콜 털어놓거든요.」

「비밀을 간직하면서 심중을 털어놓을 수도 있소.」

「털어놓지 않을 수도 있죠.」

「나에게 낯선 여자로 남길 바라오?」

「전 당신에게 낯선 여자로 남을 거예요.」

「잘됐군. 그렇다면 내가 당신을 발명해 내겠소.」

「그럴 줄 알았어요.」

「당신 이름은 사튀르닌 퓌이상, 스물다섯 살에, 벨기에 여자요. 당신은 1987년 1월 1일 익셀에서 태어났소.」

「계약서를 읽으셨군요. 제가 전혀 놀라지 않아도 양해하시길.」

「당신은 루브르 미술학교에서 공부하고 있소.」

「틀렸어요. 전 루브르 미술학교에서 가르치고 있어요.」

「당신 나이의 벨기에 여자가 루브르 미술학교에서 무엇을 가르칠 수 있단 말이오?」

「날 발명해 보겠다면서요?」

「당신은 크노프[9] 전문가요. 당신은 프랑스 사람들에게 크노프의 예술을 가르치고 있소.」

9 Fernand Khnopff(1858~1921). 벨기에 상징주의 화가. 상징성을 띤 사물들에 둘러싸여 있거나 자신만의 세계에 빠진, 그래서 함부로 다가갈 수 없는 여인들이 지배하는 미스터리한 세계를 독특한 필치로 그려 내 새로운 화풍의 흐름을 주도했다. 대표작으로는 〈애무, 혹은 예술, 혹은 스핑크스〉가 있다.

「아이디어는 좋네요. 저도 그 화가 좋아해요.」

「그 화가가 당신 얼굴을 그렸다고 사람들이 말하지 않았소?」

「과장이 심하시네요.」

「아니오. 당신은 크노프가 그린 여자만큼이나 아름답소. 난 치타의 몸을 가진 당신을 상상하오. 당신이 날 잡아먹는다면 정말 황홀할 것 같군.」

「전 아무거나 먹지 않아요.」

「나와 결혼해 주겠소?」

「전 당신이 결혼 같은 일은 하지 않는다고 생각했어요.」

「당신을 위해 예외적인 일을 하겠소. 난 한 번도 사랑해 보지 않은 것처럼 당신을 사랑하오.」

「당신은 저보다 먼저 이 집에 들어온 모든 여자들에게 그렇게 말했을 거예요.」

「난 그게 진실일 때마다 그 말을 했소. 하지만 내가 청혼을 하는 건 이번이 처음이오.」

「내가 거절하리라는 걸 당신은 알고 있었어요. 위험이 그리 크지 않았죠.」

「내 평판 때문에 거절하는 거요?」

「실종된 여자들? 아뇨, 전 결혼할 마음이 전혀 없기 때문에 거절하는 거예요. 그 여자들에게 도대체 무슨 일이 있었던 거죠?」

「그건 아주 긴 이야기요.」 알 수 없는 표정을 지으며 돈 엘레미리오가 중얼거렸다.

「그만두세요. 전 그 질문을 하지 말았어야 해요. 저랑은 상관없어요. 무슨 일이 있었든.」

「왜 그런 말을 하는 거요?」

「저에게 연애담을 펼친다는 생각에 당신이 느끼는 쾌감을 봤어요. 저에겐 그걸로 충분했어요.」

「그래도 난 얘기할 거요…….」

「아뇨. 전 아무것도 알고 싶지 않아요. 당신이 얘길 꺼내면, 전 제 방으로 갈 거예요.」

「도대체 왜 그러는 거요?」

「당신은 여자를 잘못 골랐어요. 저와 함께 대기실에 있었던 지원자들은 오로지 실종된 여자들에 대한 호기심 때문에 거기 있었어요. 전 오로지 지낼 방을 찾고 있었고요.」

「그러니까 당신을 아주 잘 고른 거지.」

「도대체 무슨 변태 놀이를 하시는 거예요? 당신은 방이 필요한 여자들을 집에 들이고, 유혹하고, 잘못을 저지르게 부추기고, 그리고 처벌해요.」

「어떻게 감히 그런 말을?」

「절 멍청한 여자라고 착각하지 마세요. 당신은 어떠한 구실로도 들어가서는 안 되는 암실을 직접 보여줘요. 그러고는 그 방이 열쇠로 잠겨 있지 않다, 그건 신뢰의 문제다, 그 방에 들어간다면 당신이 알게 될 테고 그럼 크게 후회하게 될 거라고 말하죠. 당신이 그 금지된 방에 대해 그토록 집요하게 말하지 않았다면, 그들 중 어느 누구도 그 방에 들어갈 생각을 하지 않았을 거예요. 전 당신이 그들을 벌하며 맛보았을 가학적인 쾌감을 능히 상상할 수 있어요.」

「전혀 그렇지 않소.」

「얼마나 어설픈 덫인지! 전 제가 어느 쪽을 더 경멸하는지 모르겠어요. 덫에 걸려든 불행한 여자들과 덫을 놓은 한심한 남자 중에.」

「그건 하나의 시험이오.」

「당신이 누굴 시험할 입장에 있다고 생각하세요? 도대체 당신 자신을 누구로 착각하는 거예요?」

「난 에스파냐 귀족 돈 엘레미리오 니발 이 밀카르요.」

「아, 됐네요! 그런 허장성세는 당신 말고는 아무한테도 안 먹히니까!」

「잘못 알고 있군. 이 성을 얻기 위해서라면 무엇이든 할 수 있는 여자들이 도처에 널려 있소. 경제 위기가 귀족의 위신을 더욱 고양시켜 놨지.」

「당신은 그 여자들이 당신의 성을 얻기 위해서라면 뭐든 했을 거라고 말하지만, 정작 그들은 그 방에 들어가지 말라는 당신의 경고조차 존중하지 않았어요.」

「어쩌겠소, 영혼의 허약이 정상적인 상태가 되어 버린걸.」

「당신도 큰소리칠 거 없어요. 죄를 지으면 고해 신부에게 금화를 쥐여 주잖아요.」

「잠깐. 내가 금을 얼마나 사랑하는지 알아야 내가 금화를 지불하면서 얼마나 가슴 깊이 회개하는지 가늠할 수 있을 거요.」

「이 이야기에서는 모두가 바보예요. 당신의 고해

신부만 빼고.」

「당신도 빼야 하오. 난 당신의 지성에 경탄을 금할 수 없소.」

「전 정신적으로 건강할 뿐이에요. 그래서 당신의 수작에 넘어가지 않는 거고요.」

「당신은 나와 결혼할 자격이 있소.」

「그런데 당신이 저와 결혼할 자격이 없죠.」

「당신이 자신을 그토록 과대평가하는 게 난 좋소.」

「전 단지 정신적으로 병들지 않았을 뿐이에요. 후식이 있나요?」

「당신이 어제 맛봤던 계란 노른자 크림이 있소.」

「됐어요. 전 다양한 걸 좋아하니까.」

「무엇을 원하오?」

「생토노레.」[10] 그녀가 주방을 빠져나오며 허세 부리듯 말했다.

10 케이크의 일종.

이튿날 아침, 멜렌이 침대로 아침 식사를 가져왔을 때, 사튀르닌은 그에게 니발 이 밀카르 집안을 위해 일한 지 얼마나 되었느냐고 물었다.

「20년요. 일라리옹 그리블랑과 운전기사도 마찬가집니다.」

「동시에 고용된 건가요?」

「그렇습니다. 주인님의 양친께서 급사하셨을 때.」

「이전에 일하던 사람들은 고인과 함께 묻혔나요?」

「아뇨.」 표정 변화 하나 없이 멜렌이 대답했다. 「주인님의 양친께선 아주 다른 방식의 삶을 사셨습니다. 손님들을 많이 초대하셨죠. 그래서 집안일 하는 고용

인들이 아주 많았습니다. 주인님께서 그들을 모두 해고하셨죠.」

「돈 엘레미리오는 당신이 남자라는 사실을 중요하게 여겼나요?」

「예. 그게 고용 기준들 중 하나였습니다.」

「왜요?」

「그 이유는 저도 모릅니다, 아가씨.」

그날 저녁, 그녀가 주방에 들어서자, 돈 엘레미리오는 감격에 겨운 듯한 묘한 표정을 지으며 쩌렁쩌렁한 〈오, 당신이군!〉으로 사튀르닌을 맞았다.

「저 아니면 누구길 바라셨어요?」 그녀가 물었다.

「난 당신과 함께 오늘 하루를 보냈소. 보시오.」

그는 냉장고에서 어마어마하게 큰 생토노레를 꺼내 식탁에 올려놓았다. 사튀르닌이 탄성을 내질렀다.

「내 작품이오.」 그가 선언하듯 말했다. 「파트 아 슈[11]도, 파트 푀이테[12]도, 시부스트 크림[13]도, 캐러멜도 만

11 pâte à choux, 달거나 짭짤한 빵과자를 만들 때 사용하는 반죽.
12 pâte feuilletée, 잎을 포개 놓은 듯한 모양의 반죽.

들어 본 적이 없는 내가, 오늘 나의 마법서 덕분에 모든 걸 배웠다오.」

「굉장해요!」

「이 케이크에 에스파냐의 위신을 부여하기 위해 부글부글 끓는 캐러멜에 금 잎을 몇 장 슬쩍 넣고 싶은 유혹을 느꼈지만, 내가 타인의 취향에 열려 있다는 것을 증명하기 위해 꾹 참았소.」

「축하드려요.」

「이게 오늘의 주요리요.」

「맞아요. 우린 다른 건 먹지 않을 거예요. 오로지 후식 생각밖에 안 할 테니까. 샴페인은 준비하셨어요?」

「뭐라고?」

「저런. 생토노레에는 반드시 최고급 샴페인을 곁들여야 해요.」

「당황스럽군. 그런 건 없는데.」

「제가 구해 오죠.」 사튀르닌이 말했다.

돈 엘레미리오에겐 그녀를 붙들고 자시고 할 시간조차 없었다. 그녀는 이미 거리에 나와 있었다. 그 시

13 crème chiboust, 생토노레에 얹는 크림.

각에, 파리 7구에서, 아직 문을 연 식품점을 찾아낼 가능성은 전혀 없었다. 그녀는 세련된 음식점에 들어가 매력을 한껏 발산하고는 로랑 페리에 한 병을 아주 비싼 값에 구입했다. 그녀는 전리품을 챙겨 서둘러 돌아왔다.

「엄청 차가워요.」 그녀가 말했다.

돈 엘레미리오가 톨레도 크리스털로 된 샴페인 잔을 꺼냈다.

「당신이 샴페인을 좋아하는 줄은 몰랐소.」 그가 웅얼거렸다.

「당신은 안 좋아하세요?」

「그건 나도 모르겠소.」

「훌륭한 샴페인을 마시기 위한 게 아니라면 돈이 아무리 많은들 무슨 소용이 있겠어요? 그토록 금에 사로잡혀 있으면서 금이 액체화된 게 샴페인이라는 것도 모르세요?」

그녀가 병마개를 따고는 잔들을 채웠다. 그녀가 자신의 잔을 에스파냐 남자를 향해 내밀었다.

「보세요.」 샴페인 잔을 불빛에 비춰 보며 그녀가 말

했다. 「쾌락보다 더 아름다운 게 뭐가 있겠어요?」

「무엇을 위해 마시는 거요?」

「물론, 금을 위해서죠.」

「금을 위하여.」 신비에 찬 목소리로 돈 엘레미리오가 되뇌었다.

한 모금을 마신 그들은 몸을 떨었다.

「이제 우린 당신의 생토노레를 맛볼 자격을 갖췄어요.」

그가 두 조각을 잘라 냈지만, 케이크는 무너지지 않았다. 은총이 그와 함께했으니까.

「너무 맛있어요!」 그녀가 소리쳤다. 「당신이 귀족으로서는 몇 점인지 모르지만, 파티셰로서는 만점이에요. 뭐예요, 지금 우는 거예요?」

「처음으로 내가 당신 마음에 들었다는 느낌을 받았소. 내가 원래 쉽게 감동하는 사람이라……」

「우리, 과장하지 말기로 해요. 전 당신이 만든 케이크를 높이 평가한 것뿐이에요. 그게 다예요. 제발 울음 좀 그치세요.」

「싫소. 난 내가 만든 케이크를 맛보고 쾌감을 느끼

는 미녀 앞에서 눈물을 흘리는 게 좋소.」

「정말이지 어디 내놓을 수가 없는 사람이군.」

「보시오. 집 밖에 나가지 않는 내가 옳지 않소.」

그녀가 피식 웃었다.

「당신을 만나길 꿈꾸는 그 모든 여자들을 떠올리면! 당신이 기회만 되면 훌쩍거린다는 걸, 집에 샴페인도 사다 놓지 않는다는 걸 그들이 안다면!」

「샴페인 건은 고치도록 하겠소. 당신이 날 개종시켰으니. 그 습관은 어디서 들인 거요?」

「그 습관? 농담도 심하셔. 평생 샴페인을 마셔 본 건 몇 번 안 되지만, 전 처음부터 그보다 더 좋은 게 없다는 걸 알았어요. 당신은 어떻게 그런 것도 깨닫지 못했죠?」

「사교계 생활에 대한 염증으로 샴페인을 멀리했던 것 같소. 20년 전부터는 아예 입에 대질 않았으니까.」

20년이라는 기간이 사튀르닌에게 또 다른 20년을 떠올리게 했다.

「집안일을 하는 사람으로 남자들만 고용하시는데, 이유가 뭐죠?」

「여자가 품위를 떨어뜨리는 일을 하는 건 생각만 해도 견딜 수가 없소. 어릴 적에 한 계집아이가 바닥을 닦는 걸 봤는데, 난 몹시 부끄러웠소.」

「남자가 바닥을 닦는 건 아무렇지도 않나요?」

「난 늘 힘든 일은 남자의 몫이라고 생각해 왔소. 내가 여자들에게 그토록 까다롭게 구는 건 그들에게 더 많은 걸 기대하기 때문이오.」

「당신의 말에는 애매한 점이 없지 않아요. 당신이 여자들을 찬양하는 건 그들을 벌할 명분을 얻기 위해서예요.」

「내가 그들을 벌하다니, 그건 또 어디서 끄집어낸 거요?」

「당신 입으로 한 말에서. 〈암실에 발을 들여놓았다가는 크게 후회하게 될 겁니다〉.」

「그 말로 내가 누군가를 벌한다고 확정할 순 없소.」

「당신이 말장난을 한다는 느낌이 드네요.」

「내가 정신적으로 문제가 있는 사람이라고 생각한다면, 왜 여기에 머무는 거요?」

「여기서는 놀라운 안락을 맛볼 수 있으니까. 난 암

실 따위에 흥미를 느낄 그런 여자가 아니니까. 당신이 내일 당장 최고급 샴페인을 주문할 테니까.」

「요컨대, 당신은 날 높이 평가하는군.」

「전 그런 말 한 적 없어요. 하지만 전 당신이 두렵지 않아요.」

「당신 말이 맞소. 난 전혀 위험하지 않소.」

「실종된 여덟 명의 여자들은 어떻게 생각할까요?」

「그들에게 직접 물어보시오.」

「당신에겐 죽음을 떠올리게 하는 음산한 구석이 있어요.」

「당신에게 얘기하게 해주시오…….」

「다시 한 번 말하지만, 전 당신 얘기를 듣고 싶지 않아요.」

「당신은 공정하지 않소.」

「당신 역시 정의의 모델 같진 않네요.」

돈 엘레미리오가 회의적인 표정으로 생토노레를 조금 집어 먹고는 다시 입을 열었다.

「겉으로 보이는 게 나에게 불리하게 작용하는군.」

「예리하시네!」 사튀르닌이 웃으며 외쳤다.

「당신은 나에 대해 잘못 생각하고 있소. 수많은 여자들이 나의 무시무시한 평판에 이끌린다는 걸 생각하면 돌아 버릴 것 같아. 당신은 여성 특유의 그 행동을 어떻게 설명하겠소?」

「대부분의 여자들에게 어떤 형태의 피학 성향이 존재하는지도 모르죠. 혐오스러운 변태의 매력에 속절없이 빠져드는 여자들을 제가 얼마나 많이 본 줄 아세요? 감옥에 갇힌 랑드뤼[14]의 경쟁자들이 수많은 여자들로부터 연애편지를 받는다는군요. 어떤 여자들은 그들과 결혼까지 하죠. 그게 여성성의 어두운 측면인 것 같아요.」

「당신은, 당신은 그렇지 않소. 왜 그렇소?」

「질문을 뒤집어서 해야 하는 거 아닌가요? 왜 다른 여자들은 그 지경으로 돌아 버린 걸까요?」

「여자들은 남자들보다 낫거나 못하오. 라로슈푸코[15]가 그렇게 썼소.」

14 Henri Désiré Landru(1869~1922). 십여 명의 여성을 유혹해 살해한 연쇄 살인범. 살해 수법이 동화 『푸른 수염』과 흡사했다.

15 François de La Rochefoucauld(1613~1680). 프랑스 귀족 출신의 모랄리스트. 대표작으로는 『잠언과 성찰』이 있다.

「당신이 프랑스 사람을 인용하는 건 처음 들어 보네요.」

「에스파냐인들에겐 여성을 비극적으로 이상화하는 능력밖에 없다오. 나도 그 법칙에서 예외는 아니고.」

「누군갈 좌대에 올려놓는 건 절대 선물이 아니에요.」

「천만에. 그건 그에게 탁월함의 가능성을 선물하는 거요.」

「그러고는 불완전한 구석이 조금이라도 있으면 그 불쌍한 여자를 바닥에 내팽개치죠.」

「조금이라도 있는 경우는 아니오.」

「그만해요. 제가 이해를 못 했다고 생각한다면 오산이에요! 당신의 행위는 결코 정당화될 수 없어요.」

「당신 생각이 정 그렇다면, 날 경찰에 고발하시오.」

「전 그런 일에 끼어들고 싶지 않아요. 당신 스스로 자수하세요.」

「나에겐 오로지 하느님께 갚을 빚이 있을 뿐이오.」

「참 편하기도 하네요!」

「아니, 그렇지 않소.」

「그 잘난 하느님은 고해 신부를 통해 돈을 받고 당

신을 용서해 주잖아요!」

「아니, 돈[16]이 아니라 금이오.」

「제발 그만하세요.」

「그건 아무 상관도 없소. 은은 형편없는 것이고, 난 그걸 존중하지 않소. 금은 신성한 것이오.」

「당신의 양심을 깨끗이 청소하기에 그걸로 충분한가요? 거울을 봐도 부끄럽질 않나요?」

「난 그저 평범한 인간을 볼 뿐이오.」

「그래요, 평범해 보이긴 해요. 하지만 정의가 있다면, 당신 같은 종자의 인간들은 그에 마땅한 얼굴을 가질 거예요.」

「난 나에게 마땅한 얼굴을 갖고 있소. 난 평범한 인간이오.」

「아마도 저에게 악의 평범함[17]에 대해 말하려는 거겠죠. 난 그 이론을 끔찍이 싫어해요.」

「의도에 대한 비난. 난 그 얘길 하려던 게 아니었소.

16 프랑스어 명사 〈argent〉은 〈돈〉과 〈은〉이라는 두 가지 뜻을 모두 갖는다. 〈돈〉은 곧 〈은〉이다.

17 유태인 학살이 지극히 평범한 이웃들에 의해 자행된 것에 대해 한나 아렌트가 한 말.

이제 내 요리 재능을 알았으니 나와 결혼해 주겠소?」

「우스꽝스럽게 구는 것, 당신도 어쩔 수 없는 거죠. 아닌가요?」

「난 진지하오.」

「싫어요, 전 당신과 결혼하지 않을 거예요. 케이크 하나로 결혼을 결정하는 사람은 없어요.」

「멋진 이유가 될 것 같소만.」

「어쨌거나 전 결혼하지 않을 거예요. 당신하고도, 어느 누구하고도.」

「왜지?」

「제 권리니까요.」

「그렇군. 하지만 왜?」

「제가 그걸 당신에게 설명해야 할 의무는 없어요.」

「제발 부탁이니, 말해 주시오.」

「당신에겐 어느 누구도 발을 들여놓아서는 안 되는 암실이 있어요. 결혼할 마음이 없는 것, 그건 제 암실이에요.」

「그건 아무런 관계가 없소.」

「누구나 자신의 비밀을 자기가 원하는 곳에 갖다

놔요.」

「당신은 정말이지 아무것도 이해하지 못했군. 실망이오.」

「당신 자신이 그렇게 불가사의하다고 믿지 마세요. 전 절대 암실이니 뭐니 하는 수작에는 걸려들지 않으니까.」

「날 크게 실망시키는군.」

「잘됐네요.」

「아뿔싸, 실망이 사랑을 치료하진 않는다오.」

「제가 당신의 생토노레를 다 먹으면, 그러면 당신 사랑이 치료되겠어요?」

「아니, 더 악화될 거요.」

「제길. 바로 그게 제가 하고 싶은 거예요.」

「그럼 어디 해보시오. 어쨌거나 난 당신에게 완전히 반했으니까.」

「좀 드릴까요?」

「아니오. 난 낙담이 너무 커서…….」

사튀르닌은 체면 차리지 않고 생토노레를 공격했다. 배불리 먹고 난 후에야 그녀는 할 일을 다했다는 듯 다시 입을 열었다.

「그저께 처음 만났을 때, 당신은 무척 의기소침해 있는 것 같더군요.」

「실제로 그랬소. 오로지 사랑의 황홀경만이 날 그 상태에서 벗어나게 한다오.」

「상담을 받을 생각은 안 해보셨나요?」

「세 든 여자와 함께 지내는 게 가장 효율적이고 장점이 많은 해결책이오.」

「효율적이고 장점이 많은 해결책이 여기 또 하나 있어요.」 그녀가 샴페인 잔을 채우며 말했다.

그가 샴페인을 마시고는 한숨을 내쉬었다.

「당신은 멋지고, 총명하고, 아름답고, 건강이 넘치오. 난 여자 운이 왜 이렇게 없는지.」

「안심하세요. 제가 영원히 여기 머물지는 않을 테니. 언젠가 당신에게 푹 빠질, 살짝 맛이 간 여자를 찾게 될 거예요.」

「난 당신이 영원히 이곳에 머물기를 바라오.」 그가 엄숙하게 말했다.

「그만하세요. 등에 식은땀이 흐르니까.」

「하지만 내가 당신의 식욕을 떨어뜨리진 않는 모양이군.」

「그 점을 강조하시다니, 참 친절도 하시군요.」

「닥치는 대로 먹고도 그렇게 날씬하다니, 참 경이롭군.」

「그게 바로 젊음이라 불리는 거예요. 기억나세요?」

「맞소. 자신을 파괴되지 않는 존재로 느끼고 있다가 어느 날 갑자기 별것 아닌 일로 자신이 이미 끝장났다는 걸 알게 되지.」

「자, 마셔요.」 그녀가 병을 마저 비우며 말했다. 「이 묘약을 마실 때는 우수에 빠져들 권리가 없어요. 내일 해 뜨자마자 멜렌에게 로랑 페리에, 뢰드레, 돔 페리뇽 등등에 주문장을 돌리라고 이르세요. 인색하게 굴지는 말아요, 당신에겐 재력이 있으니까. 단 하나, 로제 샴페인은 절대 주문하지 마세요.」

「당연하지 않소. 금의 신비주의보다 장미의 태를 부린 우아함을 더 좋아하다니, 그런 부조리가 어디 있단 말이오!」

「로제 샴페인을 발명한 사람은 연금술사들이 하려

던 것의 정반대를 성공했어요. 금을 석류 시럽으로 바꿔 놨죠.」

그 말을 끝으로, 사튀르닌은 자기 방으로 사라졌다.

토요일, 사튀르닌은 코린에게 전화를 걸어 자신의 새 거처를 구경하러 오라고 초대했다.

「정말 내가 가도 괜찮겠어?」

「안 될 이유 없어. 무서워서 그래?」

코린은 그날 오후에 도착했다. 사튀르닌은 그녀를 데리고 다니며 대저택의 모든 방을 구경시켜 줬다. 그녀가 어떤 문 앞에 멈춰 섰다.

「여기가 그 암실이야?」 코린이 물었다.

「응.」

「네 생각에는 뭐가 감춰져 있는 것 같아?」

「정말 대답해야 해? 너도 나만큼이나 잘 알잖아.」

「너무 끔찍해. 어떻게 넌 그런 사이코패스와 함께 지낼 수 있니?」

「그 인간은 다른 사람들, 특히 여자들의 불안을 먹고 살아. 그에게 난 조금도 무서워하지 않는다는 걸 보여 주고 싶어.」

「그런데 넌 왜 경찰을 부르지 않는 거야?」

「재미있네. 그 사람도 그렇게 말했거든. 그에게도 경찰에 잡혀가는 환상이 있는 것 같아.」

「양심에 찔리는 게 있다는 증거야.」

「양심? 고해 신부에게 금을 쥐여 주는 것으로 충분히 양심을 세탁하는 사람이야.」

「들어가 보고 싶지는 않았어?」

「호기심이 일긴 했지. 하지만 그거 떨쳐 내는 것 정도는 나한테 쉬운 일이야. 틀림없이 감시 카메라가 여럿 설치되어 있을 거야. 난 그 불행한 여자들처럼 되고 싶지 않아.」

「나 같으면 야밤에 잠결에라도 가게 될 것 같아. 사튀르닌, 이곳을 떠나, 제발!」

「그러지 말고 이리 와봐.」

그녀는 코린을 자기 방으로 데려갔다. 코린은 입을 다물지 못했다.

「양말 벗고 욕실에 들어가 봐.」

코린이 그렇게 했다.

「바닥에 난방이 들어와!」

「침대에 누워 봐.」

코린이 쾌락으로 신음했다.

「귀를 기울여 봐, 얼마나 조용한지.」

「월 5백 유로.」

마른 라 발레에 위치한 30제곱미터 크기의 방세로 그 이상을 지불하는 코린이 믿기지 않는다는 듯 중얼거렸다.

사튀르닌이 줄을 당겼다. 멜렌이 달려왔다.

「친구가 놀러 왔어요. 차 좀 갖다 주시겠어요?」

5분 후, 멜렌이 작은 테이블에 김이 펄펄 나는 다기, 금박 입힌 잔, 설탕에 절인 과일이 박힌 케이크를 내왔다. 멜렌이 나가자, 코린이 기다렸다는 듯 말했다.

「네가 뭘 말하려는지 알겠어. 그 남자, 너랑 결혼하고 싶어 한다고? 그럼 해버려. 그런 다음에 없애 버리면 되잖아.」

「요컨대, 그 남자처럼 하라는 거야?」

「그 인간은 여자를 여덟 명이나 살해했어!」

「난 복수 따윈 안 해.」

「따지는 것도 많으셔.」

「그리고 감옥에 가고 싶지 않아.」

「완전 범죄를 저지른다면?」

「그런 건 존재하지 않아.」

「그럼 뭐야? 아무것도 안 하고 그 정신병자랑 같이 살겠다는 거야?」

「내가 여기 있는 한, 그가 새로운 여자를 죽일 위험은 없어.」

「그래서 희생을 하시겠다고?」

사튀르닌이 턱으로 주변의 호화로움을 가리키고는 말했다.

「난 이걸 희생이라고 부르지 않아.」

그녀가 차를 따르고는 케이크를 두 조각 잘라 냈다. 그러더니 자기 조각을 접시 위에 놓기 전에 살짝 들어 불빛에 비춰 보고는 말했다.

「봐. 설탕에 절인 과일을 통해 환하게 빛이 보여. 버찌는 루비 같고, 안젤리카는 에메랄드 같아. 반투명한 반죽에 박혀 있는 것들이 마치 제마이 같아.」

「제…… 뭐?」

「제마이. 보석으로 만든 스테인드글라스 말이야. 넌 그 조각을 금박 입힌 접시 위에 올려놓는 거야. 보석들의 완벽한 조합이지.」

「찻잔 받침 하나 슬쩍해도 될까?」

「안 돼.」

「아쉽다. 가져다 팔면 지폐 몇 장은 손에 쥘 수 있을 텐데.」

사튀르닌은 웃었다. 친구를 다시 만나니 기분이 아주 좋았다. 친구와의 만남은 그녀를 돈 엘레미리오로부터 벗어나게 해주었다. 그들은 몇 시간 동안 수다를 떨었다. 그들은 스물다섯 살이 되었다가 그다음엔 스물둘, 열여덟, 열다섯, 그리고 멜렌이 노크를 했을 때는 마침내 열두 살에 도달해 있었다.

「주인님께서 저녁 식사를 같이하자고 하십니다.」

「난 이만 꺼질게.」 코린이 말했다.

「아니. 나랑 같이 가.」

「난 초대받지 않았어.」

「내가 널 초대하는 거야.」

「난 무서워.」

「겁쟁이!」

사튀르닌은 코린의 손을 잡아 끌어 주방으로 데려갔다. 코린의 두 눈이 겁에 질려 휘둥그레졌다.

「돈 엘레미리오, 소개할게요. 여긴 제 소꿉친구 코린이에요.」

「안녕하시오, 아가씨. 샴페인 한잔 하시겠소?」

「저는…… 집에 가봐야 해요. 고속 전철을 타야 해서 너무 늦으면 안 되거든요.」

「내 운전기사가 모셔다 드릴 거요.」

「거 봐!」 사튀르닌이 말했다.

「제가 끼면 음식도 모자랄 텐데…….」 코린이 다시 더듬거렸다.

「그런 말 마시오.」 집주인이 말했다.

「너, 언제부터 샴페인을 거절했니?」 사튀르닌이 물었다.

그녀가 얼음 통에서 병을 꺼냈고, 탄성을 내질렀다.

「로랑 페리에 그랑 시에클! 최고 중 최고를 골랐네요. 제가 딸게요.」

연쇄 살인범에게 건네는 친구의 친근한 어조에 깜짝 놀란 코린은 그가 톨레도 크리스털 샴페인 잔 세 개를 채우는 것을 봤다.

「무엇을 위해 마시겠소?」 돈 엘레미리오가 물었다.

「어제처럼. 금을 위하여!」

코린은 사튀르닌 역시 돌아 버린 게 아닌가 하는 의심이 들었다. 의식을 치르는 것 같은 절차, 사튀르닌에게서 들어 본 적이 없는 당돌한 어조, 장소의 호화로움, 사튀르닌을 자신의 성궤 속 성상(聖像)처럼 쳐다보는 남자, 모든 것이 코린을 아연실색게 했고, 겁에 질리게 했다. 에스파냐 남자는 세 번째 식기를 놓았고, 이내 바닷가재로 가득한 쟁반을 식탁으로 들고 왔다. 잔뜩 겁에 질려 있던 코린이 소리쳤다.

「전갈!」

「바닷가재 한 번도 안 먹어 봤어?」 사튀르닌이 놀리듯 물었다.

「물론 먹어 봤지.」

그들은 식사를 시작했다. 코린이 손이 떨려 바닷가재 껍데기를 제대로 벗기지 못했기 때문에 사튀르닌이 도와줘야 했다. 코린이 바닷가재 관절을 자르다 즙이 돈 엘레미리오의 눈에 튀고 말았다. 사튀르닌이 폭소를 터뜨렸다.

「제발 용서해 주세요!」 코린이 벌벌 떨며 소리쳤다.

「괜찮소.」 집주인이 호의적인 어조로 말했다. 「두 사람은 언제부터 아는 사이요?」

「아테네 때부터요.」 코린이 대답했다.

「뭐라고요?」

「아테네요. 벨기에의 중학교예요.」 사튀르닌이 설명했다.

「정말 멋진 명칭이군! 그러니까 두 사람 모두 아테나의 보호를 받았군요.」

「맞아요. 지혜의 여신 아테나요. 그러니까 조심하세요, 돈 엘레미리오.」

「하시는 일은?」 남자가 물었다.

「유로 디즈니에서 일해요.」

「그게 무엇이오?」

「놀이공원이에요. 공포의 집에서 줄을 세우는 일을 하죠.」

「어떤 묘한 운명이 당신을 아테나의 신전에서 공포의 집으로 이끌었소?」

「처음에는 벨기에에 있는 왈리비[18]에서 일했어요. 그러다가 기회가 생겨서 유로 디즈니로 옮기게 됐죠. 보수가 훨씬 좋거든요.」

「일은 마음에 듭니까?」

「아뇨.」

「그렇다면 그 일을 왜 하고 있소?」

「카르푸에서 계산원으로 일하는 것보다는 나으니까요.」

돈 엘레미리오는 그녀들에게 어떤 공통점이 있는지 생각해 보는 표정으로 두 여자를 번갈아 쳐다보았다. 사튀르닌은 노골적으로 싫은 티를 냈다. 그녀가 난감해한다는 걸 알아차린 코린이 말했다.

「열두 살 때 이미 사튀르닌은 반에서 일등이었고,

18 Walibi, 벨기에의 큰 놀이공원 중 하나.

저는 꼴찌였어요.」

「나도 반에서 꼴찌였소.」

「그랬군요. 하지만 당신은 그래도 전혀 문제가 안 됐겠죠.」 코린이 말했다.

사튀르닌이 웃음을 터뜨렸다.

「죄송해요. 제가 무례한 말을 했나요?」 코린이 더듬거렸다.

「아냐, 넌 진실을 말했을 뿐이야.」

잔뜩 긴장한 코린은 곧 먹기를 그만뒀다.

「담배 피워도 되나요?」 그녀가 물었다.

「여부가 있겠소?」 그가 대답했다.

코린이 주머니에서 담뱃갑과 라이터를 꺼냈다. 사튀르닌과 돈 엘레미리오도 담배를 하나씩 받아 들었다. 그들은 각자 나머지 두 사람을 쳐다보며 말없이 담배를 피웠다. 묘하게도 기분 좋은 순간이었다. 사튀르닌이 배웅하러 나갔을 때, 코린이 물었다.

「어떻게 그 사람한테 그런 식으로 말을 하니?」

「뭐 어때, 한 짓이 있는데. 안 그래?」

「하긴. 근데 그 사람, 호감이 가는 형이야.」

「그런 것 같니?」

「너, 설마 그 사람한테 푹 빠진 건 아니지?」

「미쳤니?」

그들은 서로 안아 주었고, 코린을 태운 벤틀리는 멀어져 갔다.

「당신 친구, 무척 마음에 들었소.」 이튿날 저녁, 돈 엘레미리오가 선언하듯 말했다.

「돈 드는 일도 아닌걸요.」

「그것도 벨기에 특유의 어법이오?」

「아뇨. 프랑스에서 배웠어요, 그 표현. 코린을 높이 평가하는 건 당신 마음이라는 뜻이에요. 아무 위험도 없고, 무슨 지장을 초래하는 것도 아니고.」

돈 엘레미리오는 그 짓궂은 언사를 무시했다.

「원한다면, 언제든지 와도 좋다고 전하시오.」

「그럴 생각이에요.」

「당신은 날 사랑하지 않소. 안 그렇소?」

「당신한테는 아무것도 감출 수가 없군요.」

「왜지?」

「프티오 박사[19]가 새 아내에게 바로 그 질문을 하는 게 상상되네요.」

「오늘은 일요일인데, 아침 미사 때 당신을 보지 못했소.」

「전 신을 믿지 않아요.」

「어떻게 그럴 수가 있소?」

「당신이 그 정도로 용서를 받을 필요가 없다면, 신을 믿었겠어요?」

「난 아주 오래전부터 신앙을 갖고 있었소.」

「그렇게 교육을 받아서 그래요.」

「아니오. 그건 본능적인 거요.」

「그럼 왜 신은 당신을 막지 않았을까요……? 여자들이 암실에 들어가게 내버려 두는 걸?」

「그게 무슨 관계가 있소?」

「왜 당신은 그 여자들을 그들 자신으로부터 보호하

19 Marcel Petiot(1897~1946). 일명 프티오 박사. 프랑스 의사로, 파리 자택에서 27구의 시신이 발견되어 참수형을 받았다.

지 않았죠? 가톨릭은 사랑의 종교잖아요, 아닌가요?」

「사랑은 믿음의 문제요. 믿음은 위험의 문제이고. 난 그 위험을 제거할 순 없었소. 주님께서도 에덴동산에서 그렇게 하셨소. 그분께선 위험을 제거하지 않을 정도로 피조물을 사랑하셨소.」

「궤변이네요.」

「아니오. 존중한다는 최고의 증거지. 사랑은 존중을 전제로 하오.」

「그렇다면 당신은 자신을 신으로 여기나요?」

「사랑하는 건 바로 신이 되는 걸 받아들이는 거요.」

「정신병원에 가기 딱 좋은 분이시네요.」

「당신에게 사랑이란 무엇이오?」

「모르겠어요.」

「보시오, 당신은 제안할 게 아무것도 없으면서 비판만 하고 있소.」

「전 제안할 게 없는 게 더 좋아요.」

「사랑해 본 적이 한 번도 없었소?」

「그런 것 같아요.」

「두고 보시오, 당신이 사랑을 하게 되면 당신 자신

에게도 낯선 여자가 될 테니.」

「그렇겠죠. 하지만 전 당신처럼 되진 않을 거예요.」

「어떻게 그렇게 단언할 수 있지?」

「사랑에 빠진 사람들을 여럿 알았는데, 모두가 괴물은 아니었어요.」

「당신은 날 사랑하게 될 거요.」

「어떻게 그렇게 확신할 수 있죠?」

「사랑하는 건 신이 되는 것을 받아들이는 거니까.」

「그게 사실이라면, 사랑을 하는 사람들은 사랑을 돌려받게 될 거예요.」

「아니오. 신이 늘 사랑받은 건 아니오. 하지만 당신은, 당신은 신을 사랑하지 않기엔 너무나 숭고하오.」

「당신의 논리를 받아들인다고 쳐요. 제가 당신을 사랑하게 되면, 저 역시 신이 되는 걸 받아들일 거예요. 그런데 만약 제가 신이 된다면, 당신을 지옥으로 보낼 거예요. 저는 안 믿지만 당신은 믿는 지옥 말이에요.」

「천만에, 당신이 신이 된다면, 날 불쌍히 여기게 될 거요.」

「당신은, 당신은 그 가엾은 여자들을 불쌍히 여겼나요?」

「물론이오.」

「예수회 수도사 같은 위선자!」

「성스러운 종교 재판소 법정을 선호하긴 하지만, 난 예수회 수도사들도 아주 좋아하오.」

「당신의 의견이 가져온 잔혹한 결과를 알지 못한다면, 전 그냥 웃고 말 수도 있을 거예요.」

「경솔함에 대해서는 어떻게 생각하시오?」

「무슨 말을 하려는지 알겠군요.」

「대답해 보시오.」

사튀르닌이 한숨을 쉬고는 말했다.

「전 경솔함을 끔찍하게 싫어해요. 천한 행동이죠.」

「그것 보시오.」

「하지만 경솔함보다 더 못한 것도 있어요. 경솔한 사람들을 벌할 권한이 자신에게 있다고 믿는 사람들 말이에요. 당신은 그 교묘한 궤변으로 날 현혹시키지 못할 거예요. 나에겐 당신 자신에 대한 당신의 너그러움보다 역겨운 건 없으니까.」

「당신이 나라면 어떻게 했겠소?」

「누군가 그 문턱을 넘어서는 걸 보고 싶지 않다면, 문을 열쇠로 잠가 버렸을 거예요.」

「처음부터 신뢰를 포기했을 거란 말이오?」

「성선설을 포기한 거죠. 전 인간의 본성을 받아들였을 거예요.」

그가 생각에 빠진 표정으로 1976년산 돔 페리뇽을 한 모금 마시고는 말을 이었다.

「아주 젊은 나이에 만사를 초탈하셨군!」

「당신의 팔자 좋은 낙관주의가 당신을 어디로 이끌었는지 보세요.」

「좋소. 내가 당신 말대로 했다고, 열쇠로 문을 잠갔다고 상상해 봅시다. 그래도 그들은 집 안을 샅샅이 뒤져, 끝내는 열쇠를 찾아냈을 거요. 내가 어떻게 하든 그들이 암실에 발을 들여놨을 거라는 얘기요. 그 경우에 당신이라면 어떻게 했겠소.」

「아무것도.」

「〈아무것도〉라니?」

「물론 실망이야 했겠죠. 화도 나고, 슬프기도 하고.

하지만 전 아무것도 안 했을 거예요.」

「우리는 서로를 이해하오.」

사튀르닌이 인상을 찌푸리며 말했다.

「우리가 함께 세계 최고의 샴페인을 마시고 있지 않았다면, 전 당신의 허위의식이 역겨워 벌써 이 방을 나섰을 거예요.」

「그럼 병째 당신 방으로 가져가시오.」

「전 혼자 마시는 걸 끔찍이 싫어해요. 최악의 술친구라도 없는 것보단 나아요.」

「최상급을 정말 자주 사용하는군!」

「오늘 저녁엔 식사는 안 하나요?」

「해야지. 당신 친구 표현대로 하자면, 전갈이 남았소. 하루를 더 버티지는 못할 거요.」

「그럼, 전갈로 해요.」

돈 엘레미리오는 냉장고에 보관해 놓은 바닷가재를 가지러 갔다.

「당신의 그 어조, 그것도 내가 당신에게서 좋아하는 것 중 하나요. 당신은 상대방을 지배하는 여자요. 당신은 나에게 샴페인을 주문하라고 명령하고, 〈그럼, 전갈로 해요〉라고 말하오. 난 당신 말에 복종함으로써 너무나 큰 쾌감을 맛보오.」

「당신한테만 그래요.」

「황송하군!」

「당신은 아주 자연스럽게 내게서 그런 태도를 불러일으켜요.」

「혹시 사랑의 전조 아니오?」

「절대. 하지만 내가 당신을 두려워하지 않는다는 걸 보여줌으로써 즐거움을 느끼긴 해요.」

「아무도 날 두려워하지 않소. 난 양처럼 순한 사람이오.」

「지금 농담하세요? 코린은 당신 앞에서 겁이 나 벌벌 떨었어요.」

「아테네의 제자가? 공포의 집을 지키는 무녀가?」

「코린은 특별히 겁이 많은 친구가 아니에요. 모든 여자들은 당신을 두려워해요. 그들을 매혹시키는 게 바로 그거예요. 에스파냐 귀족이라는 당신의 신분이 아니라.」

「당신은, 당신은 날 두려워하지 않소. 당신이 날 두

려워하지 않는 건 내가 전혀 공격적이지 않다는 걸 느끼기 때문이오.」

사튀르닌은 기가 막힌다는 듯 하늘을 한번 올려다 보고는 바닷가재 껍데기 벗기는 일에 몰두했다.

「당신의 예쁜 이름은 어디서 온 거요?」

「크로노스요. 제우스의 아버지인 타이탄 크로노스를 라틴어로는 사투르누스라고 해요.」

「당신네들은 정말이지 자제를 모르는군.」

「사돈 남 말 하듯 하시네요. 〈사튀르니엥saturnien(우울한)〉은 〈조비알jovial(쾌활한)〉과 반대되는 의미를 갖고 있죠. 사투르누스는 쾌활하기 짝이 없는 아들 주피터와는 반대로 우울하기로 유명했어요. 주피터는 아버지의 우수가 못마땅해서 늙은 사투르누스를 하늘에서 내쫓아 버렸죠.」[20]

「자식들을 가져 보시오. 당신도 우울하오?」

「아뇨.」

「아마 그렇게 될 거요.」

20 사튀르닌Saturnine은 〈우울한〉, 퓌이상Puissant은 〈강력한〉이라는 의미를 가진다. 인물의 기질이 이름에 함축되어 있다.

「엘레미리오는 무슨 뜻이에요?」

「나도 모르오. 아랍어 어원은 알아내기가 아주 어렵다오.」

그가 잔을 채웠고, 사튀르닌은 곧 잔을 집었다.

「이 샴페인, 벨벳 같아요. 황금빛 벨벳. 정말 굉장해요.」 그녀가 말했다.

이튿날, 루브르 미술학교에서 돌아온 사튀르닌은 침대 위에서 상자 하나를 발견했다. 상자 안에는 황금빛 벨벳으로 만든 긴 치마와 쪽지가 들어 있었다. 〈어제 저녁에 마신 샴페인을 기념하며. 치마가 당신에게 꼭 맞기를 바라오. 돈 엘레미리오 니발 이 밀카르.〉

사튀르닌은 그 선물을 받아도 되는지 잠시 갈등했다. 그러다 곧 그 비인간적인 생각을 접어 버렸다. 충족시킬 수 없었다면 눈물을 흘렸을 욕망을 그 화려한 천이 채워 주었으니까. 그녀는 서둘러 옷을 벗었다.

그녀는 옷장에서 검은색 블라우스를 꺼내 걸친 다음, 숨을 참으며 치마를 입어 봤다. 치마가 그녀의 허리에 너무나 완벽하게 맞아서 마치 사랑하는 사람이 안아 주는 것 같은 느낌이 들었다. 굽이 높은 검은색 반장화가 앙상블을 완성했다.

전신 거울이 사튀르닌에게 매력적인 이미지를 비춰 주었다. 〈이토록 우아한 옷을 입어 보는 건 내 평생 처음이야.〉 그녀는 이렇게 생각했다.

그녀는 자신의 모습을 바라보며, 특히 그 벨벳을 어루만지며 — 그녀는 그 쾌감에 몸을 떨었다 — 끝없는 시간을 보냈다. 치마의 황금빛이 그녀를 둘러싸고 아롱거렸다.

멜렌이 저녁 식사를 위해 그녀를 부르러 왔을 때, 사튀르닌은 돈 엘레미리오에게 달려가다시피 했다. 그는 마치 환영(幻影)이라도 대하듯 그녀를 바라보았다.

「완벽하오!」 그가 소리쳤다.

「용케도 제 치수를 알아맞히셨네요. 바람둥이 아니랄까 봐.」

「그 용어가 나에게 얼마나 적합하지 않은지 당신이 안다면.」

「제가 알기로, 당신은 적어도 여덟 명의 여자를 가

졌어요. 적은 수는 아니죠.」

「〈여자를 가진다〉는 게 대체 무슨 뜻이오?」

「점점 부적절해지네요, 이 대화. 이 멋진 치마는 어디서 구하셨어요?」

「내 손으로 직접 지은 거요.」

사튀르닌은 돌처럼 굳은 채 믿을 수 없다는 듯 남자를 쳐다보았다.

「옷을 짓는 건 내 열정 중 하나요. 사교계에서 물러났을 때 난 재봉틀을 구입했소. 요즘 옷들은 너무 천박한 나머지 날 절망에 빠뜨리지. 당신은 내가 입고 있는 옷들이 허접스럽다고 생각할 거요. 하지만 이 허접스러움은 이미 20년 전에 어디서도 찾을 수 없는 것이 되어 버렸소. 이 바지는 내가 세 시간 동안 작업을 해서 만든 거요. 난 어제 아침 일라리옹을 시켜 가장 아름다운 황금빛 벨벳을 구해 오게 했소. 그리고 다섯 시간 후, 멜렌은 내 작품을 당신 침대에 올려놓았소. 우리는 그 치마에 〈샴페인 치마〉라는 이름을 붙일 수 있을 거요.」

「괜찮으시다면, 〈돔 페리뇽 치마〉라고 하죠.」

「다섯 시간 동안 옷을 짓고 나니 더는 요리까지 할 기력이 없었소. 대신 멜렌이 우리를 위해 〈쉐 페트로시앙〉에 가서 먹음직한 것들을 가져왔소. 캐비아, 블리니스,[21] 발효시킨 크림, 보드카. 오늘 저녁에는 샴페인이 없어도 괜찮겠소?」

「괜찮다마다요. 전 늘 캐비아와 보드카로 하는 저녁 식사를 꿈꿨어요.」

「게다가 당신 치마가 샴페인 역할을 하니까. 그런데 보아하니 내가 당신 쓰라고 들여놓은 냉장고를 전혀 사용하지 않더군. 그래서 내가 거기다 비축품 일부를 넣어 뒀소.」

그가 냉장고를 열어 사튀르닌에게 내용물을 보여 주었다. 냉장고 조명이 줄줄이 서 있는 최고 명가의 샴페인 병들을 비췄다.

「샴페인 전용 냉장고네요!」 그녀가 외쳤다.

「언제든 마시고 싶으면 꺼내 마셔요. 그리고 충고 하나. 절대 보드카 마시려고 캐비아를 삼키진 마시오. 이상적인 건 작은 알들을 깨물어 터뜨린 다음, 차가운

21 blinis, 훈제 생선과 같이 먹는 크레이프 빵.

알코올과 섞어 먹는 거니까.」

그녀는 기쁜 마음으로 그 충고를 따르려 애썼다.

「정말 그러네요. 훨씬 나아요. 이러다간 취하고 말겠어요.」

「성스러운 러시아가 우리에게 그러라고 강요하고 있소.」 돈 엘레미리오가 강조했다.

사튀르닌은 쾌락에 집중했다. 그런 식사보다 더 흥분되는 것은 없었다. 30분 후, 그녀는 자신이 놀라운 행복감의 포로가 되어 버렸다고 느꼈다.

「당신은 부자에다 파리 한복판에 궁궐 같은 저택을 갖고 있어요. 요리도 잘하고, 요정처럼 바느질도 잘해요. 당신은 이상적인 남자일 거예요, 그 악덕만 아니라면…….」

「면죄부 밀매?」

「아시네요.」 그녀가 웃으면서 말했다.

「당신은 내 자질들 가운데 내가 세상에서 가장 고귀한 남자라는 사실을 언급하는 걸 잊었소.」

「전 그걸 당신의 결점 중 하나로 쳐요. 그 자체로는 어떻든 저와는 상관없지만, 그걸 지나치게 자랑스러워하는 건 그냥 지나칠 수 없는 결점이에요. 저보다 먼저 세 들었던 여자들에게도 옷을 지어 줬나요?」

「물론이오. 하나의 몸과 영혼에 딱 어울릴 의복을 생각하는 것, 그것을 재단하고 꿰매서 하나로 만드는 건 둘도 없는 사랑의 행위요.」

취기가 오른 사튀르닌은 자기도 모르게 경계심을 늦췄다. 그래서 그가 말을 계속하게 내버려 뒀다.

「각 여자에게는 그에 맞는 특별한 옷을 지어 줘야 하오. 그러려면 극도의 관심이 필요하지. 주의 깊게 귀를 기울이고 바라보아야만 하오. 무엇보다 자신의 취향을 강요해서는 안 된다오. 에믈린에게는 낮 색깔의 드레스였소. 동화 『당나귀 공주』에 나오는 그 드레스가 그녀를 사로잡았지. 그런데 어떤 낮의 색깔인지를 정해야만 했소. 파리의 낮, 중국의 낮? 어떤 계절의 낮? 내 집에는 형이상학자 아멜리 카쉬스 벨리[22]가 1867년에 모든 색채를 분류한 책 『색채 일반 카탈로

22 가상의 인물. 아멜리 노통브의 유머를 엿볼 수 있는 대목이다. 아멜리 노통브는 1967년생이고, 첫 작품 『살인자의 건강법』을 출간하기 위해 원고를 여러 출판사에 보냈을 때 〈아멜리 카쉬스 벨리Amélie Casus Belli〉라는 필명을 사용했다.

그』가 있소. 없어서는 안 될 전서(全書)지. 프로세르핀에게는 칼레 지방의 레이스로 만든 오페라해트였소. 난 그 하늘하늘한 재료를 빳빳하게 만드느라 머리카락을 쥐어뜯었다오. 오페라해트가 전제로 하는 변장 능력을 부여하기 위해서도 그랬고. 하지만 감히 말하건대, 난 그것에 성공했소. 약간 근엄한 세브르 여자, 세브린은 세브르산 도자기의 우아함을 갖고 있었소. 그래서 난 그녀를 위해 개오동나무 망토를 만들었소. 봄에 그 나무에 피는 꽃처럼 오묘한 푸른색을 띤 잘빠진 천으로 말이오. 앵카르나딘은 불의 아가씨였소. 네르발의 작품에나 나올 법한 그 아가씨에게는 불타오르는 것 같은 저고리, 진정한 오건디 불꽃놀이가 제격이었지. 그 저고리를 입은 그녀는 날 활활 타오르게 했소. 테레방틴은 파라고무나무를 연구해 박사 논문을 쓴 아가씨였소. 난 타이어를 녹여 연성을 띤 물질을 추출했고, 그것으로 그녀의 몸에 멋들어지게 맞는 혁대 겸 흉갑을 만들었지. 멜뤼진은 뱀의 눈과 실루엣을 갖고 있었소. 난 소매가 없고 목이 접히는, 발목까지 내려오는 긴 시드 드레스로 그녀를 완성했소. 그녀가 그 옷을 입었을 때, 난 그녀를 홀리기 위해 피리 부는 법까지 배울 뻔했다오. 알부민은 내가 굳이 설명할 필요가 없을 것 같은 동기들 때문에, 그녀 자체로 발포 폴리스티렌으로 만든 머랭그 목깃의 계란 껍질 블라우스가 존재해야 하는 충분한 이유가 됐소. 그야말로 딸기 같았지. 난 에스파냐 딸기가 다시 유행하는 것에 찬성이오. 그보다 더 보기 좋은 건 없으니까. 독성을 띤 미녀, 디지탈린의 경우, 난 그녀를 위해 계량 장갑을 발명했다오. 팔꿈치 위까지 올라오는, 주홍색 타프타로 만든 긴 장갑에, 파라셀수스[23]의 격언, 〈투여량만이 독을 만들어 낸다〉를 나타내기 위해 눈금을 매겼소. 왜 웃는 거요?」

「예상을 안 해볼 수가 없네요. 저 다음으로 세 들 여자의 이름은 마가린일 거고, 당신은 그녀를 위해 순수한 기름으로 된 토시를 디자인해 줄 거예요.」

「당신은 신성함에 대한 감각이 없소.」

「죄송해요, 보드카를 너무 많이 마셨나 봐요. 당신 여자들을 모두 기억하세요?」

23 Paracelsus(1493~1541). 스위스의 연금술사, 천문학자, 의사.

「그들은 내 여자들이 아니오. 내가 사랑했던 여자들이지.」

「그리고 모두 세 든 여자들이었죠.」

「그렇소. 세 든 여자는 이상적인 여성이오. 말하자면, 거의 그렇다는 얘기요.」

「그 〈거의〉, 상당히 으스스하네요. 언제부터 세 들 여자를 모집하기 시작했죠? 그들을 그렇게 부를 수 있다면 말이에요.」

「18년 전부터. 난 20년 전에 외출을 중단했소. 그런데 곧 여자에 대한 그리움이 날 괴롭히기 시작했지. 그래서 나에게는 대책이 필요했소. 자주 일어나지 않는 일인데, 난 신문을 읽다가 그 해결책을 찾아냈소. 〈월세〉난의 3행 광고를 보고 내 눈이 휘둥그레졌거든. 나에게는 광고를 내는 일밖에 남아 있지 않았소. 하지만 당시에는 그게 그렇게 큰 성공을 거두리라고는 예상하지 못했었소.」

「부모님이 20년 전에 돌아가셨죠, 아닌가요?」

「맞소. 비극적인 사고로. 내 아버지, 돈 데오타토 니발 이 밀카르는 버섯 캐러 다니는 걸 무척이나 좋아하셨소. 하루는 퐁텐블로 숲에서 송이버섯을 한 바구니 캐와서는 직접 요리를 하셨지.」

「고전적인 얘기네요. 송이버섯과 유사하게 생긴 독버섯. 당신만 먹질 않은 거고.」

「정반대요. 내가 부모님보다 더 많이 먹었지. 그런데 면죄부가 날 구했소.」

「이해가 안 돼요.」

「이미 말했잖소. 고해 신부에게 금을 주고 나면 난 모든 걸 소화한다고. 아버지께선 면죄부 밀매를 비난하셨소. 그날 밤, 어머니가 한밤중에 복통을 호소했소. 버섯을 버터로 익혔거든. 배가 아프긴 마찬가지였던 아버지가 탄산수소염을 가지러 갔소. 그런데 착각을 해버렸지. 탄산수소염 대신 장미 나무 비료로 사용하던 질산염을 집었던 거요. 그는 아내에게 충분한 양의 질산염을 처방해 줬고, 자신도 넉넉하게 삼켰소. 몇 분 후, 폭발음이 온 집안사람들을 깨워 놓았다오. 내 부모님이 그야말로 폭발을 해버렸던 거요.」

「정말로요?」

「그렇소. 샹들리에와 침대 닫집에 들러붙은 에스파

냐 귀족들의 살점, 비통한 광경이었지. 내가 모든 하인을 쫓아 버린 것도 그 때문이었소. 조상의 찌꺼기를 주워 모은 하인들로부터 어떻게 존경받길 바라겠소?」

사튀르닌이 잔뜩 찌푸린 표정으로 잠시 생각에 잠겼다 소리쳤다.

「전 당신 말 안 믿어요. 거짓말을 하려면 적어도 그럴 듯한 걸 지어내세요. 당신 부모를 살해한 건 바로 당신이에요!」

「당신 미쳤군. 그들을 숭배하다시피 한 내가 내 고귀한 아버지, 내 성스러운 어머니에게 해를 가했다고?」

「당신은 그런 것쯤은 예사로 해낼 사람이에요.」

「말도 안 되는 소리 그만하시오. 당신은 지금 날 모욕하고 있소. 난 가까운 지인들만 참석한 가운데 내 부모를 샤론 묘지에 묻었소. 내가 이 집을 벗어난 것도 그때가 마지막이었고.」

「잠깐만요, 당신 이야기는 앞뒤가 맞질 않아요. 당신은 아버지로부터 직접 증언을 들을 수가 없었어요. 그런데 어떻게 그가 탄산수소염을 복용하려고 했다는 걸 알 수 있죠?」

「아버지는 소화가 안 될 때면 오로지 그것만 찾았소.」

「당신은 그가 탄산수소염을 가지러 갔고, 그걸 질산염과 혼동했다는 어떠한 증거도 갖고 있지 않아요.」

「당신 말도 맞소. 하지만 그건 자명한 일이오.」

「그렇게 생각하세요?」

「질산염은 탄산수소염 바로 옆에 놓여 있었소. 똑같이 생긴 유리병에 담긴 채.」

「이상한 정돈법이네요.」

「천만에. 장미 나무들은 욕실과 붙어 있는 테라스에 있었소.」

「경찰이 그 사건을 자세히 들여다봤나요?」

「물론이오. 경찰은 소화 불량으로 결론지었소.」

「혹시 경찰에도 면죄부의 대가를 지불한 건 아닌가요?」

「그 주제는 농담거리가 아니오. 부모님께서 돌아가시자, 난 내가 그들처럼 살지 않으리라는 걸 알았소. 그들은 외출도 자주 했고, 끊임없이 손님을 접대했소. 나에겐 그럴 능력도, 그러고 싶은 욕망도 없었지. 그래서 난 칩거한 채 자치적인 생활에 돌입했소. 내 야망은 하나의 계란이 되는 것이었소.」

「당신이 여자들에 대한 강박에 사로잡힌 건 그 때문이군요.」

「강박이라……. 그건 과장이고, 계란을 품어 줄 누군가가 필요했다고 해둡시다.」

「은유, 또 은유!」

「첫 광고를 냈을 때, 아가씨 넷이 지원을 했소.」

「그 캐스팅이 당신에게 권력을 느끼게 해줬죠, 아닌가요?」

「난 단 한 번도 누굴 선택한다는 느낌을 받아 본 적이 없소. 당신의 경우처럼, 모든 게 명확했고 단 한 사람밖에 없었으니까. 에믈린은 가장 아름답진 않았지만, 그녀는 유일했고 나름 아름다웠소. 굳이 지적하자면, 당시 나에겐 위험한 바람둥이라는 평판도 없었고, 그것이 여자들이 달려오는 걸 막지도 않았소.」

「수가 훨씬 적었겠죠.」

「물론이오. 난 사랑에 빠졌고, 에믈린 역시 그랬소. 세 들었던 여자들은 모두 얼마 안 가 나에게 반했소.

당신만 빼고. 그래서 가끔 당신이 벨기에 여자라서 그런 게 아닌가 하는 생각이 들기도 한다오.」

「제 나라로서는 영광이네요.」

「흔히 〈평평한 나라〉라고 하지 않소?[24] 벨기에의 진부함이라는 게 있지 않소?」

「진부한 말을 늘어놓는 건 바로 당신이에요.」

「난 그 행복이 영원할 거라고 믿었소. 에믈린은 바순 연주자였소. 바순 소리는 결코 다른 악기 소리 없이는 들을 수가 없다오. 여자들이란 하나의 오케스트라요. 우리는 아주 오랫동안 협주를 즐길 수도 있소. 그런데 어느 날, 독주 하나를 따로 들어 보기로 마음먹게 되오. 그렇게 찾다가, 갑자기 월등하게 우아한 바순 연주자를 찾아내게 되는 거지. 우리는 그 소리만을 듣기로 마음먹게 되오. 그러면 우리 귀에는 한창 교향곡이 연주될 때도 오로지 바순 소리밖에 들리지 않게 되지. 곧 다른 소리들, 바이올린, 피아노, 합창단 목소리는 불협화음처럼 울려 퍼진다오. 그래서 바순 연주자에게 자기 집에 와서 영원한 독주를 해달라고

24 벨기에는 국토의 대부분이 평지로 이루어져 있다.

부탁하게 되지.」

「그래서 암실이라는 못된 생각을 해낸 건가요?」

「단순화가 심하군.」

「어쨌거나 사진은 엉터리 수작이에요. 당신에겐 사진작가의 자세가 없어요. 당신을 주의 깊게 관찰해 봤어요. 당신은 절대 눈으로 피사체를 배치하지 않아요. 이미지 앞에서 입을 다물지도 않고. 정반대로 당신은 말을 해요. 쉬지 않고 말을 해요. 제가 보증하는데, 당신은 단 한 번도 사진기를 쥐어 본 적이 없어요.」

「내가 찍은 사진을 들고 오게 하려고 교묘한 도발을 하는군.」

「당신은 정말 뻔뻔해요. 자기만족에도 세금을 때려야 하는 건데.」

「맞소, 내가 암실을 떠올린 건 그 시기였소. 그게 논리적이지. 혼자 사는 남자에겐 그런 게 필요치 않으니까. 우리가 사랑하는 사람과 삶을 나누려 할 때, 그럴 때 필요가 생겨나지. 당신, 사랑을 해본 적이 없다고 한 것 같은데, 그럼 사랑의 동거를 해본 적도 없겠군. 그게 그렇게 간단하질 않다오.」

「여기처럼 방이 서른 개나 되면 훨씬 쉬울 것 같은데, 아닌가요?」

「애매성이 더 커지기만 하지. 한 사람의 영역은 어디서 시작되고, 다른 사람의 영역은 어디서 끝나겠소? 전사(戰士)의 지도 못지않은 가치를 지닌 사랑의 지리라는 게 있다오. 원룸에서는 위기의 위협이 너무 강력해서 커플이 처음부터 훨씬 더 많은 노력을 할 것 같은데……. 그건 사느냐 죽느냐의 문제요.」

「삶과 죽음의 문제, 당신하고는 특히 그렇죠. 당신은 그게 면적이 아니라 기질에 좌우된다는 걸 증명했어요.」

「당신에게 그 일이 일어나면 당신도 알게 될 거요. 사람들은 흔히 사랑을 융합적인 거라고 믿지만, 같은 지붕 아래 살게 되면 훨씬 덜 융합적인 것으로 변하고 말지.」

「그건 당신 탓이에요. 당신이 바보처럼 더는 외출을 하지 않기로 마음먹지 않았다면, 상대방이 그렇게 거추장스럽게 여겨지진 않았을 거예요.」

「잘 모르는 주제를 언급하면서 그렇게 권위적인 어

조를 취하다니, 참 감탄스럽군. 모든 인간에게는 자신의 암실을 가질 권리가 있다고 생각하지 않소?」

「제가 참을 수 없는 건 그걸 위협으로 삼는 거예요.」

「모든 권리는 위반의 경우 처벌을 전제로 하오. 원래 그런 거요.」

「처벌이 터무니없으니 문제죠. 당신의 체계 속에서는 처벌이 범죄보다 더 나빠요.」

「난 그런 적 없소.」

「봐요, 바로 그게 제가 당신과 대화하길 거부하는 이유예요. 전 결국 유전학을 믿게 되고 말 거예요. 당신은 당신 조상 카르타고인[25]들처럼 도무지 믿을 수가 없어요. 당신에게 책임이 없다면 누구에게 있죠?」

「금지를 어긴 사람에게.」

「가증스럽고 비인간적인 답변.」

「귀족적인 답변.」

「당신의 태도는 몇 년 전 벨기에 농부 몇몇이 취한 태도를 떠올리게 해요. 아이들이 놀다가 옥수수밭을

25 카르타고를 뜻하는 〈Punique〉는 흔히 〈신의가 없는〉이라는 뜻으로 쓰이는데, 이는 포에니 전쟁 때 로마인들이 퍼뜨린 평에서 유래함.

망가뜨렸는데, 화가 난 농부들이 소총을 쏴대서 몇몇 아이에게 심각한 부상을 입혔어요. 뉴스에서 한 기자가 그 지역 농부들을 인터뷰했어요. 〈아이들에게 총을 쏘다니, 어떻게 그럴 수가 있죠?〉 그랬더니 농부들은 하나같이 이렇게 대답했죠. 〈옥수수밭에 들어가질 말았어야지.〉 당신의 태도는 전혀 귀족적이지 않아요. 그건 머저리들의 논리예요.」

「벨기에 방송은 아주 재미있겠군.」

「슬그머니 꽁무니를 빼는 당신의 태도, 참을 수가 없군요. 전 이만 자러 갈래요.」

사튀르닌은 돈 엘레미리오가 중얼거리는 걸 듣지 않고 나가 버렸다.

「꽁무니를 빼는 날 참을 수가 없다면서 본인이 달아나는군. 어떻게 내 비밀을 옥수수에 비교할 수 있단 말이오? 결국, 오늘 저녁 나의 승리는 당신이 그 치마를 입었다는 데 있소. 설사 그 사실이 내게 가지는 의미가 반드시 당신에게도 같은 것은 아닐지라도.」

사랑에 빠지는 건 우주에서 가장 신비로운 현상이다. 첫눈에 사랑에 빠지는 사람들은 그나마 설명이 크게 어렵지 않은 형식의 기적을 경험한다. 말하자면, 그들이 이전에 사랑을 하지 않은 것은 상대방의 존재를 몰랐기 때문이다.

시한폭탄처럼 나중에 찾아오는 벼락같은 사랑은 이성에 대한 가장 거대한 도전이다. 돈 엘레미리오는 사튀르닌이 계란 노른자와 금의 결합에 예민한 반응을 보이자 그녀에게 반하고 만다. 우리는 사튀르닌의 노여움을 이해할 수 있다. 고작 그런 걸로 사랑에 빠져? 사실, 돈 엘레미리오에게는 아무 잘못도 없다. 사랑에 빠지는 이유를 따지는 건 부질없는 짓이니까.

사튀르닌은 자기 방으로 가서 치마를 벗었다. 그리고 그때서야 치마의 안감을 눈여겨보았다. 돈 엘레미리오가 전례가 없을 정도로 섬세한 노란색 천을 선택했던 것이다. 그녀는 노른자와 금에 대해 그가 했던 말을 떠올렸고, 그러자 그녀도 모르게 무언가가 두뇌의 작동을 정지시켰다.

그녀는 침대에 걸터앉아 안감을 쓰다듬었다. 가슴을 에는 섬세함이 그녀를 망아 상태에 빠뜨렸다. 그녀는 안감이 겉으로 나오게 치마를 뒤집었다. 뒤집힌 옷이 아름다운 속을 드러냈다. 그 노란 천의 부드러움이 넋이 나간 여자의 손과 뺨을 자극했다.

옷을 지은 이의 작업을 살펴보니, 빼어난 솜씨와 마음의 동요 사이의 이상적인 균형을 바늘땀이 증언하고 있었다. 안감을 댄 작업은 완벽했다. 하지만 엉덩이의 곡선에서, 잘록하게 들어간 허리선에서 마음의 흔들림을 엿볼 수 있는 부분들을 찾아내는 건 쉬운 일이었다. 사튀르닌은 몇 시간 전 치마를 입으면서 느꼈던 포옹의 인상을 떠올렸다. 재봉틀의 샤머니즘도 존재하는 것일까?

절망에 빠진 그녀는 선물을 옷장에 넣고 더 이상 그 생각을 하지 않기로 마음먹었다. 하지만 그녀는 침대에 누워 불을 끄고 오로지 그 생각만 했다. 〈어떻게 그토록 섬세하고 예민하고 주의 깊을 수가!〉 그녀는 이렇게 감격하고 있었다. 그러나 잠시 후에는 자신을 꾸짖었다. 〈오늘 저녁처럼 그가 경멸스러웠던 적은 결코 없었어! 난 옥수수밭 얘기로 그의 말문을 막아 버렸어! 그 불쌍한 여자들을 마구 죽이는 게 마치 무슨 귀족적인 일이라도 되는 것처럼! 그들이 무슨 죄를 지었어. 멍청하게도 사랑하게 된 한 남자에 대해 호기심을 품은 것밖에 더 있어?〉

사튀르닌은 밤새 스스로에게 찬반을 저울질하고 있다는, 상황을 통제하고 있다는 환상을 부여하기 위해 입장을 바꿔 가며 생각에 생각을 거듭했다. 우리는 사랑에 빠지면, 그 부조리한 일을 스스로에게 허용할 것인지를 놓고 뒤늦게 자신과 협상을 벌인다. 사튀르닌은 운 나쁘게도 수상쩍기 짝이 없는 남자에게 반해 버렸던 것이다. 따라서 협상은 순탄치 않았고, 부질없었다.

이미 저질러진 일이었으니까.

이튿날 아침, 사튀르닌은 자신이 심각한 병에 걸렸다는 사실을 모르지 않았다. 그 남자를 일상적으로 접해도 자신은 전혀 위험할 게 없다고 상상함으로써 자신을 과대평가했던 것이다. 〈나 역시 그 여자들처럼 멍청해.〉 그녀는 속으로 울분을 토했다.

그녀는 끊임없이 그 사건을 되씹었다. 〈두 번 다시 그 치마를 입지 않을 거야.〉 지하철에서 그녀는 이렇게 맹세했다. 루브르 미술학교에 도착한 그녀는 담배를 피우고 있는 한 남학생을 꾸짖었다.

「갑자기 왜 그러세요?」 학생이 물었다.

「여긴 금연 구역이야.」

「그래서요? 제가 손에 담배 들고 있는 걸 수백 번도 더 보셨잖아요.」

「더는 못 봐줘.」

그녀는 그처럼 까칠하게 구는 자신이 싫었다. 방으로 돌아온 그녀는 침대에 쓰러져 상황을 이해해 보려고 애썼다. 그녀는 더 이상 생각하고 싶지 않았다. 몇 시간 동안 곰곰이 생각해 봤지만 아무 소용이 없었으니까. 전날 밤을 하얗게 샜기 때문에 눈이 저절로 감겼고, 그녀는 문장들이 떠돌아다니는 무의식 상태에 빠져들었다. 〈죽음은 실종이 아니오.〉 〈도대체 무슨 근거로 내가 그들을 벌한다고 주장하시오?〉 〈난 양처럼 순한 사람이오.〉 〈난 위험하지 않소.〉

그녀가 무거운 눈꺼풀을 들어 올리고는 큰 소리로 자신에게 말했다. 「그래, 난 그가 무섭지 않아. 그리고 만약 내가 옳다면?」

그녀가 갑자기 눈을 번쩍 뜨고는 몸을 일으켰다. 「그는 그들을 죽이지 않았어! 그 여자들이 흔적도 없이 사라진 거야. 그건 그들의 문제지. 어쩌면 그 역시 그들이 어디에 있는지 모를 수도 있어! 그들은 암실에 들어갔고, 그를 실망시켰어. 하지만 그는 그들을 벌하지 않았어. 그가 그들을 경멸하자, 그들이 스스로 사라져 버린 거야.」

그들이 함께 나눈 모든 대화가 줄지어 지나갔다. 이젠 그 불길한 〈당신이 이 방에 발을 들여놓는다면, 내가 알게 될 거고, 당신은 크게 후회하게 될 겁니다〉조차 위협이 아니라 경고로 느껴졌다. 금지를 위반한 것이 그들에게 불행을 가져다줬다면, 돈 엘레미리오에게는 아무런 잘못도 없었다. 그렇다면 그 빌어먹을 암실에는 도대체 뭐가 있을 수 있을까? 어쨌거나 그녀가 끊임없이 생각했던 것과는 반대로 여덟 구의 시체는 아니었다. 어쩌면 무시무시한 비밀이 감춰져 있을지도. 돈 엘레미리오라고 해서 무시무시한 비밀을 가질 권리가 왜 없겠는가?

사튀르닌은 죄인이 아니면서 무시무시한 비밀을 감추는 게 가능한지 생각해 봤다. 그럴 수도 있을 것 같았다. 예를 들어, 그는 그곳에 자신이 당한 참혹한 폭행의 증거들을 숨겨 뒀을 수도 있었다. 아니면, 비록 천박하더라도, 그의 정신적 균형에 없어서는 안 되는 취향의 예술 작품을 창조했거나. 그녀의 상상력은 모든 가설을 일일이 열거할 만큼 풍부하지 않았다.

돈 엘레미리오는 수도 없이 그녀에게 자신의 결백을 설명하려고 시도하지 않았던가? 그녀는 단 한 번도 그것에 귀 기울이려 하지 않았다. 오히려 그에게 침묵을 강요했고, 욕설을 퍼부었으며, 아무런 증거 없이 그를 중상했다. 그런데 그는 그런 비방을 당하면서도 화조차 내지 않았다.

따라서 사튀르닌은 자신이 사랑하게 된 건 정신적으로 문제가 있는 남자, 자기 예술에 심취한 남자, 엉뚱하기 짝이 없는 남자일지는 몰라도 살인자는 아니라고 결론지었다. 그러자 안도감을 넘어 알 수 없는 기쁨이 그녀를 가득 채웠다.

〈정신 바짝 차려야 돼. 넌 지금 극과 극을 오가고 있어. 무죄 추정이 있을 뿐 아직 확신은 없어. 유일한 진실은 네가 누구를 상대하고 있는지 모르니 신중해야 한다는 거야.〉 그녀는 이렇게 생각했다.

그러고 보니 돈 엘레미리오가 적어도 한 가지 점에서는 옳았다. 사튀르닌은 아테나의 수호를 받고 있었다.

저녁을 먹자는 부름을 받았을 때, 사튀르닌은 자연스럽게 보이려고 신경을 쓰면서 평온한 걸음으로 가려 애썼다. 돈 엘레미리오는 처음으로 기괴해 보이지 않는 방식으로 그녀를 맞이했다.

「오늘은 왜 그 치마를 입지 않았소?」

「매일 저녁 입을 순 없잖아요.」 그녀가 냉랭하게 대답했다.

〈그렇게 쌀쌀맞게 굴지 않아도 돼.〉 그녀는 속으로 자신을 꾸짖었다.

「샴페인을 고르시오. 당신 집처럼 편안하게.」

그녀는 샴페인 전용이 된 냉장고를 열고 흥미롭게

라벨들을 훑어보았다.

「테탱제 콩트 드 샹파뉴로 하죠. 제가 딸까요?」 그녀가 말했다.

「부탁하오.」

그녀는 늘 쓰던 크리스털 잔들을 채웠고, 그것이 얼마나 눈부시게 반짝이는지 보았다. 그들은 늘 하던 것처럼 건배를 했고, 넥타를 맛보았다.

「정말 좋군!」 그가 탄성을 터뜨렸다.

그녀는 그 샴페인 맛이 놀랍긴 하지만 약간 공격적이라고 생각했다. 그래도 돈 엘레미리오의 열광에 찬물을 끼얹을까 봐 입을 다물었다.

「내가 자르주엘라를 준비했소.」 그가 말했다.

「그게 뭐죠?」

「간단히 말하자면, 쌀을 넣지 않은 파에야요. 보통 바닷가재를 넣는데, 그건 우리가 얼마 전에 두 번이나 먹었기 때문에 죽순으로 대체했소.」

「바닷가재와 죽순이 무슨 관계가 있죠?」

「아무 관계도 없소. 그냥 〈대체하다〉라는 말의 부조리를 강조하려고 그런 거요. 인류 파탄의 기저에 그대체의 개념이 있으니까. 욥을 보시오.」

「전 여전히 관계를 모르겠군요.」

「당신이 대부분의 여자들과는 다르게 식성이 까다로운 척하지 않는다는 걸 이미 알고 있으니 넉넉하게 담아 주겠소.」

사랑에 빠진 사튀르닌은 전혀 배가 고프지 않았지만 그 증상을 감추기로 마음먹었다.

「욥 얘길 하셨잖아요.」

「그렇소. 하느님은 그에게서 아내와 자식들을 앗아 가오. 욥은 반항심을 품다가 무엇 하나 하느님으로 인한 것이 없다는 걸 깨닫고는 이렇게 외치오. 〈주님께 축복을〉. 욥이 충분히 고통을 겪었다고 생각한 하느님은 그에게 그의 아내와 자식들이 아니라 한 여자와 여러 자식들을 돌려주오. 욥은 어느 순간에도 불평을 하지 않소. 대체를 받아들인 거지. 이것만 봐도 인류가 이미 막돼먹은 존재라는 걸 알게 되오.」

「뼛속까지 가톨릭 신자인 당신이 어떻게 성서에 그토록 잔혹한 일이 있다는 걸 참아 낼 수 있죠?」

「성경은 사실적인 책이오. 나는 우리의 성스러운 텍

스트가 인간의 본성에 대해 어떠한 환상도 심어 주지 않는다고 생각하오.」

「하느님이 개 같은 존재라는 걸 보여 주는데도 불편하지 않으세요?」

「난 그렇게 해석하지 않소. 내가 보기에, 하느님은 욥을 시험에 들게 한 거요. 개자식은 바로 대체를 받아들인 욥이오.」

「아뇨. 욥은 두려움에 사로잡혀 있어요. 하느님이 변태 중의 변태라는 걸 알기 때문에 감히 항의를 못 하는 거죠. 불평을 하면 하느님이 또다시 자신을 괴롭힐 거라고 생각하는 거예요. 게다가 전 하느님이 피조물을 시험하는 것 자체에 반발심이 들어요.」

「우리는 사랑하는 사람들을 시험하오.」

「아뇨. 우리는 사랑하는 사람들을 보호해요.」

「그건 모성애라고 하는 거요. 아이들에게나 좋은 거지. 하느님의 시험은 성인이 된 인류를 대상으로 하는 거요.」

「그래요? 그럼 왜 하느님은 그토록 유치하게 행동하는 거죠? 걸핏하면 삐치고, 변덕이 죽 끓듯 하고, 복수심에 불타잖아요.」

「구약에선 그렇지만, 신약에선 너무나 훌륭하다오.」

「예수가 그렇죠. 하느님은 그를 십자가에서 죽어가게 내버려 뒀어요.」

「그렇게 한 건 인간들이오.」

「하느님은 그것이 속죄를 위해 치러야 할 대가라고 여겨요. 말하자면 개자식인 동시에 장사꾼인 셈이죠.」

「신성 모독을 그만두는 게 좋을 거요.」

「왜요? 무슨 위험이 있는데요?」

「당신은 하느님을 모욕하고 있소.」

「그 역시 저를 모욕하고 있어요. 하느님이 저를 자신의 형상에 따라 창조했다면, 저도 그와 똑같은 권리들을 가져요. 당신은 절 반박할 수 없어요. 당신 자신을 신으로 여기니까.」

「오로지 사랑할 때에만.」

사튀르닌은 그 말에 아무 대꾸도 할 수가 없었다. 그래서 화제를 돌렸다.

「당신이 만든 자르주엘라, 너무 맛있어요. 바닷가재로 하면 어떤 맛이 나는지 모르지만, 죽순으로도 끝내줘요.」

「그건 내가 대체의 개념을 거부하기 때문이오. 보시오, 난 당신을 향한 사랑에 푹 빠졌소. 당신은 나의 아홉 번째 세 든 여자요. 당신은 앞선 여덟 명의 여자를 대체하지 않소. 난 지금도 계속 그들을 사랑하오. 사랑은 매번 새롭소. 매번 새로운 동사가 필요하겠지만, 〈사랑하다〉라는 동사가 적절하오. 왜냐하면 모든 사랑에 공통된 긴장이 있고, 그 단어만이 유일하게 그것을 표현하니까.」

사튀르닌은 자기 자신의 상태를 묘사하는 그의 말을 가만히 듣고만 있었다.

「예전에, 당신 부모가 살아 있던 시절에도 사랑을 했나요?」

「풋사랑들뿐이었소. 내가 여섯 살 때 집에서 은 식기를 훔쳐서 가져다줬던 그 꼬마에 대한 감정. 그런 종류의 불꽃들. 다시 말하지만, 내가 사랑을, 진정한 사랑을 발견하기 위해서는 세 든 여자들이 필요했소. 다른 사람들은 도대체 어떻게 하는지 궁금할 정도로. 그 점에서 세 든 여자와 함께 지내는 건 이상적인 방식이었소. 적어도 나에게는.」

「당신 아버지가 살아 있었더라도 그럴 수 있었겠어요?」

「힘들었을 거요. 설사 아버지가 그걸 허락했다 하더라도 분명 내가 감히 그러지 못했을 거요. 부모라는 것이 세상에서 가장 에로스에 반하는 요소라는 걸 인정해야만 하오.」

사퀴르닌은 그런 고찰들이 돈 엘레미리오를 점점 더 의심스럽게 만든다고 생각했다. 그리고 분하게도 자신이 그의 결백을 증명하려고 애쓰고 있다는 걸 깨달았다.

「내가 무턱대고 죽순을 선택한 건 아니오. 당신은 죽순을 닮았소. 당신은 키가 크고 늘씬하오. 당신의 향기는 다른 그 무엇도 떠올리게 하지 않고, 지상의 그 무엇도 더없이 빼어난 당신의 얼굴에는 견줄 수 없소.」

전날 같았으면 아마도 짜증이 났을 칭찬이 그녀의 마음을 뒤흔들었다. 사랑에 빠지는 건 얼마나 가증스러운 일인지! 그녀는 자신의 생살이 그대로 노출되어 있다고, 자신이 모든 것에 휘둘리고 있다고 느꼈다.

이런 망할! 그녀는 술이 자신의 자연적인 방어 능력을 더 떨어뜨리지 않기를 바라며 도망치듯 잔을 들어 샴페인을 들이켰다.

「오늘은 말이 없군.」 그가 말했다.

「전 얘깃거리가 없다고 이미 말했잖아요. 뭐 어때요. 늘 그렇듯, 당신이 쉬지 않고 말을 하는데.」

「오로지 사랑을 할 때만 그렇소. 〈입이 말을 하는 것은 마음이 넘치기 때문이다〉. 성경에도 이렇게 나와 있지 않소.」

사튀르닌은 그를 완벽하게 이해했다. 만약 속마음을 감추지 않아도 됐다면, 그녀 자신도 그와 똑같았을 거라고 느꼈다. 수문을 열기만 해도 말들이 끝없이 쏟아져 나왔을 거라고. 〈그가 결백하다는 증거만 갖게 된다면 나도 말을 할 거야.〉 그녀는 이렇게 생각했다. 그 증거가 어디에 있을 수 있을까? 그녀의 뇌리에는 아무것도 떠오르질 않았다.

「어떻게 위안을 얻었어요? 사랑한 여자 여덟 명이 …… 사라진 것에 대해서.」 그녀가 물었다.

「날 처음 만났을 때, 내가 위안을 얻은 것처럼 보였

소? 내 대답은 이거요. 난 한 번도 위안을 얻은 적이 없소.」

「지금, 위안을 얻은 것처럼 보이는데요?」

「그렇지 않소. 나는 당신을 사랑하오. 이 사실이 내 모든 에너지를 직설법 현재에 동원하오. 그것이 내 우수를 지우지 않은 채 가리고 있는 거요.」

「슬프네요.」

「아니오. 난 그 사랑들이 날 무사한 상태로 남겨 놓지 않은 것을 기뻐하고 있소. 난 그 후유증을 소중히 여기오. 그것들은 내가 또다시 사랑하는 걸 막지 않을 뿐 아니라, 당신에 대한 내 사랑에 자양을 공급하오. 그것이 상(喪)이 주는 은총이오.」

그녀는 〈상〉이라는 낱말에 큰 충격을 받았다. 하지만 다음 순간, 그녀는 그 용어의 사용이 반드시 죽음을 내포하는 건 아니라고 생각했다. 그에게 물어보는 것으로 충분했을 거고, 그는 그녀에게 설명을 해줬을 터였다. 그녀가 그때까지 그에게 그 질문을 던지지 않은 건 그를 살인자라고 믿었기 때문이었다. 그런데 이제는 그녀 자신이 그의 결백을 간절히 원했기 때문에 그 질문을 던지지 않았다.

「당신은 거짓말쟁이인가요?」

「난 결코 거짓말을 하지 않소.」 그가 즉각 대답했다.

「가슴 아픈 대답이네요. 앞으로 당신의 말과 행위가 조금이라도 일치하지 않으면 당신을 더 이상 믿지 않을 거예요.」

「진실이오. 난 결코 거짓말을 하지 않소.」

「그만하세요. 사람들은 자기도 모르게 거짓말을 해요. 거짓말쟁이라서 거짓말을 하는 건 아니라는 얘기예요. 예를 들어, 저의 경우에도 밤새 눈을 붙이지 못했으면서 잘 잤다고 말한 게 한두 번이 아니에요. 전 거짓말을 하고 싶었던 게 아니라 절 그냥 내버려 두기를, 절 가엾게 여기지 말기를 바랐어요. 모든 사람이 그런 식으로 거짓말을 해요.」

「그것 참 신기하군. 난 그러지 않소.」

「정말이지 도움이 안 되는군요. 이제 제가 어떻게 해야 당신을 믿을 수 있을까요?」

「그 질문은 이미 오래전에 정리됐소. 당신은 날 믿지 않으니까.」

「잘못 알고 계시네요. 어젯밤부터 제가 당신을 믿기로 마음먹었거든요.」

〈이런, 속내를 드러내고 말았네. 그가 눈치채지 못했을 거라는 쪽에 내기를 거는 사람이 과연 몇이나 있을까?〉

그가 그녀를 빤히 쳐다보고는 비정상적으로 오랫동안 입을 다물고 있다가 말했다.

「고맙소. 그런데 어젯밤에 무슨 일이 있었소?」

「당신이 날 위해 만든 치마의 안감을 봤어요.」

그가 웃었다.

「그게 얼마나 힘든 작업이었는지 당신은 상상도 못할 거요…….」

「바느질…….」

「아니오, 색깔. 〈노란 안감〉이라고 말하는 건 〈아름다운 아가씨〉라고 말하는 것과 똑같소. 말하자면 아무 의미도 없지. 아름다움은 노란색만큼이나 애매모호한 개념이니까.」

「당신에겐 전에 말했던 19세기의 카탈로그가 있잖아요.」

「내가 보기에 카쉬스 벨리의 분류는 노란색에 문제가 있소. 가장 미묘한 색깔이거든. 아마 금과 가장 가까운 색이기 때문일 거요. 아멜리 카쉬스 벨리는 86개의 노란색을 구별하고 있소. 모두 이름을 가지고 있지.」

「거기서 마음에 드는 걸 못 찾으셨나요?」

「세 가지 노란색이 거의 근접했소. 바나나의 노란색, 계란 노른자의 노란색, 미나리아재비의 노란색.」

「그래서 그것들을 섞었나요?」

「근접한 것 세 가지를 섞으면 이상적인 게 나올 거라고 믿는 것, 그건 무지한 자들이나 품는 환상이오. 색깔들을 섞으면 언제나 끔찍한 잡탕에 도달하고 말지. 한 빛깔의 순수함보다 더 완벽한 건 아무것도 없소. 난 당신을 위해, 당신 치마에 쓸 안감을 위해 87번째 노란색을 발명해 냈소. 점근선이란 수학적 과정을 통해 그것을 창조해 냈지. 색은 하나의 곡선이고, 점근선은 그것에 가장 가까이 접근하는 직선이오. 그렇게 해서 난 나의 은밀한 색견본에서 그 점근선의 노란색을 만들어 냈소. 그런 노란색은 형이상학에 속하오. 그건 내가 염착시키는 데 성공한, 하나의 기적이오.

아세테이트의 다채로움이 그 노란색을 구현하는 데 적합했소.」

〈내기를 걸걸 그랬나 봐. 그는 아무것도 눈치채지 못한 채, 미친 사람처럼 자신이 발명한 노란색에 열광하고 있어.〉 사튀르닌은 속으로 생각했다.

「굉장하네요.」 그녀가 정중하게 말했다.

「그렇지 않소? 노란색이 클레브 공작 부인[26]의 색깔이란 건 아시오?」

「프랑스 고전도 읽으세요?」 그녀는 자신이 맡은 역할을 성실히 수행하기 위해 이렇게 속삭이는 데 성공했다.

「주인공들이 에스파냐의 정수를 상징하는 주름 장식깃을 달고 나오는 고전들만. 간단히 말해, 느무르 공작은 클레브 공작 부인이 좋아하는 색의 옷들을 입소. 그렇게 해서 그녀는 그가 자신을 사랑한다는 것을 알게 되지. 좀 더 뒤로 가면 느무르가 자신의 방에서, 그녀가 그에게서 슬쩍한 지팡이에 바로 그 노란색 리

26 라파예트 소설 『클레브 공작 부인』의 주인공. 사랑이라는 감정의 불완전함과 허무함을 두려워하는 여성이다.

본을 묶고 있는 걸 보게 되오. 놀라운 건 그가 그 행동의 정확한 의미, 그녀가 자신을 사랑한다는 사실을 알아보는 것이오. 나는 그것이 내가 다시 발명해 낸 바로 그 점근선의 노란색이라고 확신하오.」

〈마침내 알아차린 모양이군.〉 그녀는 생각했다.

「당신도 클레브 공작 부인과 크게 다르지 않소.」 그가 결론지었다.

사방이 지리였다. 사튀르닌은 피곤하다는 핑계를 대고 슬그머니 달아났다.

전날 밤을 하얗게 샌 만큼, 그날 밤은 온통 검었다. 사튀르닌은 우물 속으로 빠져들듯 잠 속으로 빠져들었다. 어느덧 아침, 푹 자고 일어난 그녀는 맑은 정신으로 하나하나 면밀히 따져 보았다.

〈어제저녁, 그는 수상쩍기 짝이 없었어. 나도 그가 생각하는 식으로 생각해야 돼. 안 그러면 난 그의 행동을 전혀 이해할 수 없을 거야.〉 그녀는 생각했다.

강의를 마친 그녀는 니발 이 밀카르 저택으로 돌아갔고, 출입이 허락된 방 하나하나를 돌아다니며 구석구석 살펴보았다. 하지만 단서가 될 만한 것을 전혀 찾을 수 없었던 그녀는 돈 엘레미리오의 방에 노크를 하지 않을 수 없었다.

그녀는 음악은 전혀 들리지 않는데 혼자 열심히 오케스트라를 지휘하고 있는 그를 발견했다. 〈완전히 맛이 갔군.〉 그는 지휘를 멈추지 않았고, 그녀가 방 안 구석구석, 욕실과 장롱 속까지 살펴보게 내버려 뒀다.

이윽고 저녁 식사 시간, 그가 말했다.

「오늘 오후에 당신을 얼핏 본 것 같은데.」

「그래요. 이 저택의 모든 방을 둘러봤어요. 금으로 된 갑옷, 주름 장식깃 컬렉션, 비현실적일 만큼 오래된 판본들은 봤지만, 아쉽게도 제가 찾던 걸 발견하진 못했어요.」

「이거, 내가 개발한 요린데 맛 좀 보시오. 〈바위 아래 숨은 뱀장어〉[27]요.」

그녀는 아무 평도 하지 않고 요리를 자기 접시에 덜었다.

「당신은 결코 거짓말을 하지 않아요. 따라서 당신

27 〈anguille sous roche〉, 〈눈치를 채다〉 혹은 〈낌새를 차리다〉라는 의미. 요리 이름이 의미심장하다.

은 실제로 사진작가예요. 당신의 두뇌로 생각을 해보려고 애썼는데, 쉽지 않더군요. 만약 제가 사진작가고 여덟 명의 여자를 열정적으로 사랑했다면, 틀림없이 그들의 사진을 찍었을 거예요. 그런데 이 집에서는 여자 사진은 고사하고 사진의 그림자도 구경할 수가 없었어요.」

「그것들은 암실에 있소.」 그가 대답했다.

「암실이란 사진을 현상하는 곳이에요.」

「난 그곳에 사진을 전시하오.」

「그 방에 들어가는 걸 금지하셨잖아요.」

「그것이 나의 가장 큰 덕성 아니겠소? 자신의 작품을 보여 주고 싶어 안달하는 사진작가들보다 진력나는 게 뭐가 있겠소? 아직도 그런 것을 작품이라 부른다면 말이오. 하지만 그들은 작품을 보여 주고 싶어 하는 게 아니라, 작업을 나누고 싶어 하는 거요. 정말이지 참을 수 없는 짓이오.」

「당신이 찍은 사진들을 보고 싶어요.」

「방금 불가능하다고 말했잖소.」

「다른 건 한 번도 찍은 적이 없나요?」

「어찌 그런 생각을! 물론이오. 결코 없소.」

「연습을 하기 위해서라도?」

「습작이라는 개념보다 더 천박한 게 뭐가 있겠소? 난 평생 단 여덟 장의 사진만 찍은 게 자랑스럽소.」

「한 여자당, 한 장씩? 고작?」

「고작이라니. 진정한 사랑의 증거는 이미지를 많이 만들어 내는 게 아니라 완벽한 단 하나의 이미지를 창조하는 데 있소.」

「한 여자에게도 수많은 얼굴이 있어요. 사랑받는 여자에게는 더 많은 얼굴이 있겠죠. 수많은 것들 중에 단 하나의 얼굴을 어떻게 선택하죠?」

「선택은 기다릴 줄 아는 자에겐 스스로 찾아오게 되어 있소.」

「정말 이상한 분이군요. 제 차례도 곧 오겠죠, 아닌가요?」

돈 엘레미리오가 몸을 떨었다.

「뭘 말하고 싶은 거요?」

「당신은 걸핏하면 절 사랑한다고 말해요. 따라서 당신은 곧 제 사진을 찍을 거예요. 당신의 작업 방식,

전 기필코 알아내고 말 거예요.」

침묵이 흘렀다.

「그 사진들, 보여 주지 않고 감춰 두고만 있으면 욕구 불만에 빠지지 않으세요?」

「그랬다면 그것들을 감춰 두지 않았을 거요. 알다시피 사회에서 좋지 않은 순간은 가족 사진첩을 꺼낼 때라오.」

「그야 사진이 너무 많기 때문이죠. 당신에겐 여덟 장밖에 없다면서요.」

「말도 안 되는 소리를 들을 여덟 번의 기회지.」

「만약 제가 이상적인 눈을 갖고 있다면?」

「그렇다 하더라도 그건 당신에게 아무것도 가져다주지 못할 거요.」

「아니죠, 당신의 작품에 대한 외부의 시선을 가져다줄 거예요. 모든 예술가에겐 그게 필요하다고 생각지 않으세요?」

「그런 것 따윈 필요 없소. 특히 사진작가에게는. 사진은 비밀이 가장 잘 어울리는 예술이니까. 음악가나 안무가라면 자신의 창작품을 함께 나누지 못하는 걸 고통스러워할 거요. 작가도 사람들이 자신이 쓴 글에 대해 말하는 걸 좋아하지. 하지만 사진작가는 오로지 자신의 시선만을 즐기오.」

「사진에 대한 이해가 굉장히 자폐적이네요!」

「모든 사진작가는 자폐증환자라오. 그들이 그걸 의식한다면 베르니사주를 여는 일 따윈 안 할 거요.」

사튀르닌은 먹기를 멈추고 잠시 생각에 잠겼다.

「암실에 못 들어가게 하는 게 그 여덟 장의 사진과 관련이 있다면, 제 질문은 이거예요. 벌이 사진을 보는 데 있나요?」

「타인의 사진을 보는 건 언제나 벌이오.」

「제발 일반론으로 도망치는 건 그만두세요. 제가 알고 싶은 건 위협이 사진 외부에 있느냐, 아니면 사진 그 자체에 있느냐 하는 거예요.」

「도무지 이해할 수 없는 언어로 말하는군. 예술 비평가라도 되고 싶은 거요?」

「전 제가 무슨 말을 하려는지 당신이 안다고 확신해요.」

「날 과대평가하는군. 난 본능적인 방식으로 사진을

찍소. 난 내가 나 자신에게 어떠한 감흥을 주길 원하는지 알고 있소.」

「당신 작품을 감상하러 암실에는 자주 가세요?」

「아니.」

「그럼 그 사진들은 아무도 안 보는 거네요!」

「사진이 보여지길 원한다고 누가 그러던가?」

「정 그렇다면, 끝까지 밀고 나가서 현상 자체를 하지 마세요.」

「위대한 사진작가들이 이미 그 이론을 적용했었소. 〈이미지가 상자 속에 있다는 것을 나는 안다. 그 이미지를 포착하기 위해 미리 계획했기 때문에 그것이 어떤지 알기 위해 구태여 그것을 볼 필요는 없다〉고 말했던, 그 카탈루냐 사진작가 이름이 뭐더라?」

「요컨대, 디지털 사진의 선구자네요.」

「무슨 말인지 모르겠군.」

「디지털 사진에 대해서는 한 번도 못 들어 보셨어요?」

「그게 뭐요?」

「그렇게 무지하면서 잘도 사시네요. 컴퓨터는 있으세요?」

「없소.」

「휴대전화는?」

「어디에 쓰게? 난 외출을 하지 않소.」

「그럼 음악은 무엇으로 들으세요?」

「니발 이 밀카르의 턴테이블이 완벽한 상태로 있소.」

「아닌 게 아니라 그게 다시 유행하는 모양이더군요. DVD는 보세요?」

「부모님에게 텔레비전이 한 대 있었소. 그걸 보관했는데, 내 컬렉션 〈살라망카의 동정녀들〉을 보기에 이상적이더군.」

「DVD와 텔레비전이 무슨 관계가 있죠?」

「꼭 관계가 있어야 하오?」

「맞는 말이네요. 제가 당신과 이 같잖은 말장난을 언제까지 할 수 있을까요?」

「난 1991년 이후로는 집 밖에 코를 내밀어 본 적이 없소. 그때까지는 거슬러 올라가도 될 것 같은데.」

「1991년에도, 그 이전에도 많은 사람들이 컴퓨터를 갖고 있었어요.」

「그랑데스는 그런 것 없이도 잘 지내오.」

「그랑데스는 아날로그군요. 그런데 지난 20년 동안 당신과 함께 지냈던 그 여자들은 현대 기술에 도움을 청하지 않았나요?」

「난 금하지 않았소.」

「그들이 당신에게 가르쳐 주려 들진 않았나요?」

「그랬을지도. 아무튼 난 알아차리지 못했소.」

「사진기는 뭘 갖고 계세요?」

「핫셀블라드. 필름은 평생 쓰고 남을 정도로 비축되어 있고.」

「그 사진기는 포즈 취하는 시간이 길지 않나요? 인물 사진 찍기가 쉽지 않을 것 같은데.」

「그렇소. 하지만 여덟 번 찍는 동안 내 솜씨가 많이 늘었다오.」

사튀르닌은 발작적인 기침을 했고 끝내는 딸꾹질까지 해댔다.

「평생 여덟 번밖에 안 찍어 봤다고요? 사진을 여덟 장밖에 안 찍으셨어요?」

「셔터를 여덟 번밖에 안 눌러 봤소.」

「사진 찍는 실력이 형편없는 저도 그보다는 훨씬 더

많이 눌러 봤어요.」

「당신의 사진 실력이 형편없는 건 아마 그 때문일 거요. 당신은 셔터를 누르는 그 동작이 끼치는 영향을 제대로 이해하지 못했소. 분야가 무엇이든, 최고의 원동력은 금욕이오. 글을 쓰고자 하는 사람에게는 종이를 단 몇 장만 주시오. 초보 요리사에게는 세 가지 식재료만 제안하시오. 오늘날 모든 분야의 초보자들은 지나치게 많은 재료를 제공받고 있소. 그것은 그들에게 도움이 되지 않소.」

「여자 여덟 명, 그것도 그리 적지는 않은데요.」

「사랑을 위해, 아니면 사진을 위해?」

「둘 중 어느 것이 당신에게 더 중요하죠?」

「난 그 둘을 거의 구별하지 않소. 사랑의 목표는 사랑하는 여자의 사진, 단 하나밖에 없는 절대적인 사진에 도달하는 거라고 생각하니까. 그리고 사진의 목표는 우리가 단 하나의 이미지를 통해서 느끼는 사랑을 드러내는 거니까.」

「점점 더 그 여덟 장의 사진을 보고 싶게 만드시는군요.」

「당신은 그것들을 보지 못할 거요.」

「당신은 절 사랑해요. 당신은 제 사진을 찍을 거예요. 따라서 적어도 당신이 어떤 식으로 작업하는지는 알게 되겠죠.」

그에게서 얼버무리려는 기색을 발견했지만 사튀르닌은 멈추지 않고 말을 이어 나갔다.

「어릴 적에 폴라로이드 사진기를 선물받았어요. 제가 가장 많이 사용한 게 그 사진기예요. 얼마나 재미있는지!」

「당신이 폴라로이드 얘길 꺼내다니, 거참 이상하군.」 벅찬 감동을 받은 것 같은 표정으로 돈 엘레미리오가 말했다. 「내 어머니께서 폴라로이드 사진기로 내 사진을 찍곤 하셨다오. 어머니는 사진기에서 솟아오르는 필름 겸 인화지를 내가 뽑게 내버려 두셨고, 우리는 함께 서서히 이미지가 나타나는 걸 바라봤다오. 난 무(無)에서 얼굴로 이행되는 그 순간보다 더 신비로운 것을 알지 못하오. 난 그 둘 사이에서 덜덜 떨었소. 갑자기 사진에 누군가가 나타나는 게 보였으니까. 나는 거기서 고성소[28]의 가톨릭 이론이 구현되는 걸 봤소. 서서히 모습을 드러내는 아이의 얼굴, 그것은 바로 고성소에서 나오는 나였소.」

「폴라로이드 사진기를 기독교 도그마 해설에 써먹다니, 정말 당신답군요. 핫셀블라드는 어떤 도그마를 보여 주죠?」

「영혼의 불멸.」 그가 당연하다는 듯 대답했다. 「그리고 육신의 부활.」

28 예수의 탄생 전에 죽은 착한 사람이나 세례를 받지 않은 어린아이의 영혼이 머무른다고 하는, 천국과 지옥 사이의 장소.

사튀르닌은 한밤중에 잠에서 깨어났다. 어떻게 아무런 반발 없이 그런 말들을 그냥 지나가게 내버려 둘 수 있었을까? 그녀의 정신이 그제야 부글부글 끓어오르기 시작했다. 그녀는 돈 엘레미리오에게 이런저런 질문을 던지기 위해 저녁 식사 시간까지 기다릴 수 없을 것 같았다.

〈아무튼 난 그의 방이 어딘지 알고 있어. 내 발로 찾아가지 못할 이유가 어디 있어? 다른 남자라면, 혹시라도 그 기회를 이용하지 않을까 두려울 수도 있을 거야. 하지만 그건 그의 방식이 아닐 것 같아.〉

전혀 위험이 없는 계획은 아니었다. 하지만 그걸 시

도하지 않는다면, 아침이 오기 전에 미쳐 버릴 게 확실했다. 위험을 무릅쓸 가치가 있는 일이었다. 그녀는 얇은 반소매 잠옷 위에 기모노식 가운을 걸치고 어두운 복도를 걸어갔다. 돈 엘레미리오의 방에 들어설 때, 그녀의 심장은 미칠 듯이 방망이질 쳤다.

그는 천장을 보고 누워 가슴 위에 두 손을 모아 쥔 채 자고 있었다. 등을 대고 반듯하게 누운 그 자세가 그의 표정에 깃든 평온함을 돋보이게 했다. 그의 입은 꾹 다물어져 있었다. 그는 입을 헤 벌리고 자는 평범한 사람들처럼 멍청해 보이지 않았다. 사튀르닌은 처음으로 그가 잘생겼다고 생각했다. 하지만 그녀는 애틋한 심정으로 잠든 이의 얼굴을 훔쳐보러 온 게 아니었다. 그래서 그를 살며시 깨웠다.

그가 불을 켜고 침대에서 몸을 일으켜 앉았다. 그녀는 그가 옛날 남자들처럼 흰색 잠옷을 입고 있는 걸 보았다.

그가 어리둥절한 표정으로 괘종시계를 쳐다보았다.

「새벽 두 시에 내 침실에서 뭘 하고 있는 거요? 내가 아닌 다른 남자라면, 이런 태도가 당신을 심각한 위험에 노출시켰을 거라는 걸 알기나 하오?」

「당신의 경우는 그게 절 전혀 다른 종류의 위험에 노출시켜요. 어제저녁 식탁에서 당신은 저에게 몸들의 부활에 대해 말했어요. 그 말은 천국에서는 우리가 젊었을 때의 몸으로 다시 산다는 뜻인가요?」

「기독교 교리 얘길 하려고 한밤중에 날 깨운 거요?」

「대답하세요.」

「그렇소. 그렇게 말할 수 있소.」

「그런데 부활을 하려면 죽어야만 하고요?」

「물론.」

사튀르닌은 의자에 털썩 주저앉아 깊은 한숨을 내쉬었다.

「당신은 그 여덟 명의 여자들이 죽었다는 걸 인정하는군요.」

「내가 그걸 숨긴 적이 있소?」

「애매했어요. 실종됐다고 했잖아요?」

「당신이 질문을 했다면, 내가 대답을 해줬을 거요.」

사튀르닌이 주방에 들러 몰래 감춰 온 커다란 식칼을 꺼내 휘둘렀다.

「진실을 모두 털어놓지 마세요. 안 그러면 서슴지 않고 이 칼을 사용할 거예요.」

「정말이지 이상한 아가씨로군! 보통은 말을 하게 만들기 위해 무기로 사람들을 위협하는데, 당신은 정 반대로군. 아무것도 알고 싶지 않다면, 도대체 왜 새벽 두 시에 곤히 자는 사람을 깨운 거요?」

「그 여자들이 정말 죽었는지 알고 싶었어요.」

「큰 충격을 받은 모양이군. 도대체 뭘 바랐던 거요?」

「그 여자들이 금지된 방에서 참아 낼 수 없는 뭔가를 보았기를, 그래서 말없이 사라지는 쪽을 택했기를 바랐어요.」

「당신이 말한 것도 어느 정도는 사실이오.」

「하지만 모두는 아니잖아요, 그렇죠?」

「그렇소.」

사튀르닌은 두 손으로 얼굴을 감쌌다. 볼에 닿는 칼날의 서늘한 감촉이 그녀를 으스스한 현실로 되돌아오게 했다.

「따라서 당신은 결백하지 않아요.」

「내가 결백하기를 바랐던 거요? 무척이나 고맙군.」

그가 멋진 웃음을 지어 보였다. 사튀르닌은 그 웃음이 싫었다.

「당신에게 남아 있는 유일한 결백의 가능성은 그 여자들이 스스로 목숨을 끊은 경우예요.」

「자살은 범죄요!」 돈 엘레미리오가 항의하듯 소리쳤다.

「어쩌면요. 하지만 그건 당신의 범죄는 아니겠죠.」

「난 당신이 내가 사랑하길 멈춘 적이 없는 그 여덟 여자를 범죄자로 몰게 내버려 둘 수 없소.」

「당신이 그들을 변호하다니, 참 대단도 하시네요!」 그녀가 발끈했다.

「우리 손으로 죽인 여자들의 평판을 지키는 것, 그건 원칙의 문제요. 그들이 이 자리에 서서 자신의 정당함을 주장할 수 없는 건 바로 나 때문이니까.」

「전 당신이 살인자가 아니길 바랐어요. 말하자면, 요즘 스타일의 멍청한 여자죠. 최근에 세계적인 베스트셀러가 착하고 결백한 뱀파이어들이 있다고 주장했어요. 사람들은 이제 악이 존재하지 않는다고 말해주면 좋아서 어쩔 줄을 몰라요. 악당들은 진짜 악당들이 아니에요. 그들 역시 선에 매료되죠. 그런 말도 안 되는 이론들을 덥석 집어삼키고 좋아하다니, 도대체 우리가 얼마나 멍청한 똥 덩어리들이 되어 버린 거죠? 저도 다른 사람들처럼 넘어갈 뻔했어요.」

「적어도 당신에겐 그런 환상을 품을 고귀한 이유가 있잖소.」

「지금 그걸 고귀한 이유라고 부르시는 거예요?」 그녀가 화가 나 부르짖었다.

「누군가를 사랑하는 건 언제나 고귀한 일이오.」

「바보 같은 소리 그만두세요!」

「우린 악도 사랑할 수 있소. 그게 다요.」

「닥쳐요!」 그녀가 칼을 휘두르며 소리쳤다.

「게다가 날 악이라고 단정하는 건 과장된 거요.」

사튀르닌은 침대로 다가가 그의 목에 칼날을 들이댔다.

「내가 명령하잖아요. 그 입 다물어요!」

「당신의 태도가 날 이토록 흥분시키는데⋯⋯ 그게 내 잘못이오?」

「묻는 말에 대답만 하세요.」

「도대체 뭘 알고 싶소? 그리고 뭘 차라리 모르고 싶소?」

자신이 농담을 하는 게 아니라는 걸 증명하기 위해 사튀르닌은 그의 관자놀이를 살짝 베어 칼날에 묻은 피를 그에게 보여 주었다. 돈 엘레미리오가 황홀한 표정으로 웅얼거렸다.

「진홍빛과 은빛, 내가 두 번째로 좋아하는 색들의 결합이오.」

사튀르닌은 기가 막힌 듯 피 묻은 칼을 쥔 채 침대에 털썩 주저앉았다.

「마치 당신이 내 처녀성을 빼앗은 것 같군.」 그가 말했다.

「당신은 거짓말을 하고 있어요. 당신은 그들을 죽이지 않았어요. 당신은 그럴 수 있는 사람이 아니에요.」

「누구나 사람을 죽일 수 있소.」

「당신은 칼에 묻은 피를 한 번도 본 적이 없어요. 그건 명백해요.」

「난 그들을 훼손할 수 없었소. 사진을 위해 그들에겐 아무 흠집도 없어야 했으니까.」

「그들을 죽은 상태로 찍었군요?」

「살아 있는 여자의 사진을 찍는 건 너무나 어려운 일이오. 끊임없이 움직이거든.」

「핫셀블라드의 느린 속도가 당신에겐 전혀 문제가 되지 않은 게 바로 그 때문이었군요.」

「모든 기술적 어려움에는 반드시 해결책이 존재한다오.」

사튀르닌은 인상을 찌푸리며 칼날로 흰색 아마 시트를 마구 두드렸다.

「죽은 여자의 사진은 뭐하러 찍었어요?」

「예술의 역할은 자연을 완전하게 만드는 데 있고, 자연의 역할은 예술을 모방하는 데 있소. 죽음은 사진을 모방할 목적으로 자연이 발명해 낸 기능이오. 인간은 죽음의 순간이라는 그 놀라운 정지의 이미지를 포착하기 위해 사진을 발명해 냈소. 니세포르 니엡스[29] 이전에 죽음이 어떤 의미를 가질 수 있었는지 궁금할 지경이오.」

29 Joseph Nicéphore Niépce(1765~1833). 사진술을 발명한 프랑스 화학자.

「제가 왜 당신의 자백을 원치 않았는지 이제야 이해가 되는군요. 사람들을 죽여 놓고 어떻게 그토록 흐뭇해할 수 있는지! 그들을 어떻게 죽였죠?」

「암실에는 발을 들여놓기 전에 정지시켜야 하는 기계 장치가 있소. 미리 정지시키지 않으면 문이 저절로 잠기고 압축기가 작동해 방 안 기온이 영하 5도까지 떨어지게 되어 있소.」

「그들은 얼어 죽었군요! 당신은 잔인하기 짝이 없는 사람이에요.」

「살해란 게 원래 선한 행위가 아니오. 나도 가슴이 아프지만, 저체온증은 시신을 훼손하지 않는다오.」

「대단한 자기도취증이네요! 당신의 사진을 봤다고 해서 죽음으로 벌하다니!」

「난 자신의 사진을 보여 주는 게 훨씬 더 자기도취적이라 생각하오.」

「당신이 소위 사랑한다고 말한 여자들에게 당신이 어떤 형벌을 가했는지 실감은 하는 거예요? 얼어 죽는 것보다 더 처참한 게 뭐가 있을 수 있겠어요?」

「그 여자들 역시 날 사랑한다고 주장했소. 사랑하

는 사람의 비밀을 범해도 되는 거요? 설사 사랑하지 않는다 해도 그렇지! 비밀은 존중받아 마땅한 것 아니오?」

「당신은 존중받을 자격이 없어요.」

「내 비밀은 그럴 자격이 있소. 모든 비밀은 존중받을 자격이 있소.」

「왜죠?」

「비밀의 권리는 불가침이니까.」

「살인자의 입으로 거창한 말만 골라서 하네요!」

「살인자라……. 처음에는 그렇지 않았소. 난 단지 자신의 비밀을 지키는 사내에 지나지 않았지.」

「당신은 그때 이미 살인자였어요. 당신 부모도 당신 손으로 죽였으니까.」

「그만하시오. 알다시피 난 진실만을 말하오. 난 내 부모를 죽이지 않았소.」

「그렇다고 해서 뭐가 달라지죠?」

「그건 아주 중요하오. 에믈린에게 내 비밀을 알려줬을 때, 난 흠잡을 데 없는 사람이었소. 따라서 내 말은 마땅히 존중되어야 했지. 게다가 내 부모를 살해하는 건 미학적으로 큰 실수를 범하는 일이었을 거요.」

사튀르닌이 베지는 않은 채 칼끝을 그의 목에 갖다 대고 힘을 줬다. 돈 엘레미리오는 그녀가 멈추길 기다렸다가 손으로 목을 문질렀다.

「하마터면 오르가슴에 도달할 뻔했소. 어쩔 셈이오?」 그가 숨을 내쉬며 말했다.

「아무것도 안 할 거예요. 당신을 고발하지 않을 거예요. 난 그런 여자가 아니니까. 그리고 떠나지도 않을 거예요. 우선은 당신이 두렵지 않으니까. 그리고 내가 여기 있음으로써 당신이 다른 여자를 세 들이는 걸 막을 수 있으니까. 내가 이곳에서 사는 한, 어떠한 여자도 당신의 희생자가 될 위험이 없을 테니까.」

「나는 당신 이후로는 더 이상 사랑하지 않을 거요!」

「당신은 그 점에 접근할 때 특히 더 외설적이에요. 마치 헨리 8세[30]처럼!」

「어떻게 감히 날 그 천박한 튜더 놈과 비교한단 말

30 Henry Ⅷ(1491~1547). 로마 교황이 자신의 이혼을 허락하지 않는다는 이유로 가톨릭 교회와 수도원을 해산시키고 영국 국교회인 성공회를 설립했다.

이오?」

「내가 왜 감히 그러는지 스스로 물어보세요. 당신 생각에는 그 비교가 뭘 암시하는 것 같나요?」

「그 비교는 전적으로 부당하오. 그의 동기는 천박하기 짝이 없는 것이었소.」

「당신의 동기는 너무나 귀족적이고요? 안 그런가요?」

「당신한테 그런 말을 들으니 기분이 좋군.」

「당신은 정말 역겨워요. 내가 이 집에 머물면서 당신 삶을 완전히 망쳐 놨으면 좋겠어요!」

「대놓고 말하기 뭐하지만, 얇은 가운 하나 달랑 걸치고 거의 벌거벗은 채 한밤중에 내 침실로 난입함으로써, 번뜩이는 식칼로 날 위협함으로써, 내 삶을 망쳐 놓지는 못할 거요.」

화가 난 사튀르닌은 침실에서 뛰쳐나왔다. 그녀는 칼을 주방에 갖다 두고 몹시 화가 난 상태로 우유 한 잔을 따라 벌컥벌컥 들이켰다.

〈새벽에 목에 칼을 들이댔던 남자와 저녁 식사를 하는 것도 나쁘지 않군.〉 안전유리로 된 식탁에 앉으며 사튀르닌은 이렇게 생각했다.

「크룩, 특급, 엑스트라드라이, 이 정도는 돼야 할 것 같아서.」 돈 엘레미리오가 말했다.

「잘됐네요. 어제저녁에는 샴페인을 안 마셨으니까요. 그 결과가 어땠는지는 당신도 보셨고.」

「하지만 난 욕망을 드러내라고 당신에게 분명히 말했소.」

「그게 제가 한 거예요. 다른 방식으로.」

「정말 좋았소. 난 천사처럼 다시 잠들었소.」

그가 잔들을 채웠고, 그들은 금을 위해 마셨다.

「최고급 샴페인만이 제공해 주는 위안이 있어요.」 그녀가 말했다.

「당신에겐 위안이 필요해, 내 가엾은 아가씨. 마침 잘됐소. 내가 세상에서 가장 큰 위안이 되는 요리를 준비했거든. 스크램블 에그 말이오.」

「또 계란!」

「우린 일주일 전부터는 더 이상 계란을 먹지 않았소. 난 계란에 완전히 사로잡혀 있어서 마음 내키는 대로 하자면 아마 다른 건 아무것도 먹지 않을 거요. 스무 살 때, 보름 동안 계란을 실컷 먹는 실험을 해본 적이 있소. 매일 먹는 여섯 개의 계란이 날 망아지경에 빠뜨렸지만, 불행하게도 얼굴에 알레르기성 붉은 반점들이 돋는 바람에 8일 만에 그만둬야 했다오.」

그가 움푹한 접시에 살짝 익힌 스크램블 에그를 가득 담아 내왔다. 사튀르닌은 이 살인자가 요리 하나는 기막히게 잘한다는 사실을 인정하지 않을 수 없었다.

「왜 아무것도 정상적으로 하지 않으세요?」

「그게 무슨 말이오?」

「스무 살 때는 아가씨들에게 관심을 가지기보다는 계란으로 포식을 하고, 어른이 되어서는 여자들을 꽁꽁 얼려 사진을 찍잖아요.」

「당신은 모든 걸 지나치게 단순화하는군. 하지만 당신 말에도 일리는 있소. 내가 좀 더 일찍 여자에게 관심을 가졌더라면 좋았을 거요. 그런데 그게 쉽질 않았지. 가끔 거리에서 매력적인 아가씨들에게 접근해 본 적도 있었소. 내가 신분을 밝히면 그들은 벌써 웃기 시작했소. 난 그들에게 곧바로 내 침실로 가자고 제안하지 않기 위해 미사에 함께 가자고 초대했소. 나에겐 그게 더 예의 바르게 느껴졌으니까. 그런데 그들은 그 즉시 달아나 버렸소.」

「축제나 저녁 파티 같은 데는 안 갔나요?」

「가긴 했지만 끔찍했지. 스피커에서 터져 나오는 지독한 소음 때문에 30분도 채 안 되어 그곳을 나와야 했소. 난 사람들이 그 소란을 어떻게 견뎌 내는지 결코 이해할 수 없었소. 간단히 말해, 난 내 집에 세 든 여자 덕분에 스물여섯 살에 첫 경험을 했소.」

「에믈린, 제 기억이 정확하다면.」

「그렇소, 에믈린, 서양의 보물.」

사튀르닌이 크룩을 한 모금 마시고는 말했다.

「그 당시, 당신은 아직 사진을 한 장도 찍지 않았어요. 따라서 암실에는 어떠한 비밀도 감춰져 있지 않았죠. 그런데 왜 에믈린을 살해했죠?」

「그때 암실에는 절대적 비밀이 감춰져 있었소. 에믈린은 그걸 범했기 때문에 죽은 거요.」

「그렇다면 암실에는 여덟 장의 사진 외에 다른 것도 들어 있군요.」

「아니오.」

「이해가 안 돼요.」

「에믈린이 이 집에 정착했을 때, 난 그녀를 미친 듯이 사랑하게 됐소. 열정이 너무나 격렬해 경련을 일으키게 하는 그런 상태를 난 경험해 본 적이 없었소. 그래서 나는 은신처를 찾아야 했소. 그런데 그 빈 방이 있었소. 난 그 방의 내부와 문을 검게 칠하고 전구 하나만 켜둔 채 그곳에 틀어박혔소. 난 무를, 비존재를 창조했던 거요. 난 곧 그 방을 나만의 것으로 간직해야 한다는 것을 알았소. 그래서 결코 사용되지 않을 거라고 확신하며 저온 생성 잠금장치를 설치했소. 그건 어마어마한 실수였소. 내가 비밀을 알려 주자마자, 에믈린이 그것을 범했으니까.」

「왜 그 방을 당신만의 것으로 간직해야 했죠?」

「내 욕망이 그랬으니까.」

「왜죠?」

「욕망에 이유 따위는 없는 법이오.」

「하지만 에믈린은 당신이 사랑한 여자였어요.」

「난 그녀를 지금도 사랑하오.」

「넘어가죠. 그 암실은 당신에게 쾌락을 제공했어요. 사람들은 자신의 쾌락을 사랑하는 사람과 나누고 싶어 하지 않나요?」

「모두가 그런 건 아니오.」

「그것도 넘어가죠. 하지만 그렇다고 복종하지 않은 사람을 죽음으로 벌하다니!」

「다시 말하지만, 난 그 죽음의 장치가 사용되지 않을 거라고 확신한 상태에서 그것을 설치했소.」

「분명히 당신은 잘못 생각했어요. 그 장치가 여덟 번이나 사람을 죽였으니까. 당신은 단 한 번만의 사건으로도 그걸 재검토해야 했어요.」

「당신이 말하려 하는 것을 나도 이해하오.」

「그렇다고 대답을 하지 않아도 되는 건 아니에요.」

「난 그 죽음의 장치를 포기할 수 없었소. 내 쾌락이 그것을 너무나 필요로 했으니까. 그 필요성은 하찮은 게 아니었소. 자기 자신을 있는 그대로 다 받아들이면, 우리 안에 있는 절대 군주도 포기하지 않는 법이라오. 난 절대 군주를 포함해 나 자신의 모든 것으로 에믈린을 사랑했고, 사랑하고 있소. 심지어 그 폭군을 받아들이는 것이 어떤 점에서 날 위대한 연인으로 만드는지 난 아주 잘 알고 있소.」

「그렇다고 살인까지?」

「그들에게 암실에 들어가라고 강요한 사람은 아무도 없소.」

「에믈린의 경우로 돌아가죠. 그녀의 죽음을 언제, 어떻게 알게 됐는지 얘기해 봐요.」

「일요일 아침이었소. 난 영혼이 고양된 상태로 미사에서 돌아왔지. 일요일이면 늘 그러듯, 난 키스로 에믈린을 깨우고 싶었소. 그런데 침대가 비어 있더군.

난 소리쳐 그녀를 불렀소. 아무 대답도 없었소. 그래서 난 그녀가 외출을 한 줄 알았소. 난 륄의 『아르스 마그나』[31]를 집어 들고 침대에 누웠소. 난 개인적으로 그 책을 라틴어로 읽는 걸 더 좋아한다오. 불행하게도 아랍어는 읽을 줄 모르니까. 그의 카탈루냐어는 정말이지 훌륭하다오. 그런데 난 에스파냐 사람이기를 선택한 카탈루냐 사람이기에 그 아름다운 카탈루냐 언어와 문제가 좀 있다오. 『아르스 마그나』는 내가 가장 좋아하는 책 중 하나요. 숭고한 아름다움을 그토록 단도직입적으로 다룬 텍스트는 세상 어디에도 없다오. 칸트가 『숭고한 아름다움에 대한 고찰』이라는 거창한 제목의 책을 썼지만 약속을 제대로 지키지는 못했지. 륄은 연금술의 우아함을 통해 그것에 대해 직접적으로 말하는, 너무나 자연스러운 호방함을 지니고 있소. 그 책이 모든 시대를 통틀어 가장 수준 높은 신비주의적 발견이라는 점은 아무리 강조해도 지나치지 않소. 간단히 말해, 『아르스 마그나』는 다섯 시간 동안 날 완전히 집어삼켰소.」

31 Ars magna, 연금술의 모든 기술을 총칭하는 단어.

사튀르닌이 눈을 감고는 말했다.

「내가 제대로 이해했다면, 당신은 에믈린을 구할 수도 있었어요. 잠옷을 걸친 인간의 몸은 영하 5도에서 즉시 사망하지 않아요. 륄의 책을 읽지 않고 그녀를 찾아 나섰다면, 당신은 그녀를 구할 수도 있었어요. 그런데 당신이 책에 빠져 다섯 시간을 보낸 후에 그녀는 죽어 있었어요.」

「맞소. 에믈린을 너무나 존중했기에 그녀가 그렇게 멍청한 실수를 저지를 거라고 의심할 수 없었소. 오후 한 시경, 난 배가 고파 륄의 책을 손에서 놓았소. 그때서야 갑자기 에믈린의 부재가 불안하게 여겨지더군. 난 모든 방을 뒤진 다음에야 암실을 떠올렸소. 문을 열었을 때, 난 바닥에 쓰러져 있는 그녀의 시신을 보았소. 난 공포와 절망으로 울부짖었소. 난 그녀를 안아서 침대로 옮겼소. 그녀가 죽었다는 건 의심할 여지가 없었소. 사후경직이 이미 시작된 상태였으니까. 얼어서 그렇게 된 게 아니었다면 말이오. 난 그토록 아름다운 그녀를 한 번도 본 적이 없었소. 그건 인정해야만 하오. 그녀의 잠옷을 벗기는 데는 아무런 문제가 없었소. 시신이 뻣뻣해서 내가 그녀를 위해 지었던 낮 색깔의 드레스를 입히는 데는 애를 먹었지만. 그러고는 핫셀블라드를 가지러 갔고, 내 생애 첫 사진을 찍었소. 그 사진이 걸작이라는 건 인정하지 않을 수 없소. 사진에 찍힌 에믈린의 아름다움은 우리가 상상할 수 있는 모든 것을 초월하니까. 대가가 어떤 것이든 간에, 그런 사진을 찍은 걸 후회할 수는 없소. 난 그 이미지를 암실 벽에 고정시켰고, 그 후로 그 암실은 더 이상 내 비밀스런 무의 장소가 아니었지만, 난 에믈린을 사랑하기 위해 주기적으로 그곳에 틀어박혔소.」

「엄밀하게 따지면, 그때까지는 그 죽음을 사고로 간주할 수 있어요.」

「난 그 죽음을 그런 것으로 간주하지 않소. 뒤이은 죽음들 역시.」

「계속 얘기해 줘요.」

「당신이 마침내 내 이야기로부터 자신을 보호하려고 들지 않으니 고맙군. 에믈린이 죽고 일 년 반 정도 지났을 때, 난 또다시 여자에 대한 욕구를 느꼈소. 난 신문에 월세 광고를 냈고, 방을 얻으러 온 여자들 가운데 프로세르핀이 있었소. 알 수 없는 뭔가가 개입을 했고, 그녀와 나는 사랑에 빠졌소. 그녀는 지금 당신이 쓰는 방에 짐을 풀었고, 그로부터 2주 후, 그녀는 나와 침대를 함께 쓰기 시작했소.」

「암실의 저온 생성 장치는 해체하지 않았나요?」

「해체하지 않았소.」

「하지만 그때부터는 당신도 실제적인 위험이 존재한다는 걸 알고 있었잖아요.」

「난 너그러운 성품을 타고난 사람이오. 한 여자가 실수를 저질렀다고 해서 모든 여자가 그럴 거라고 생각하지는 않는다는 말이오.」

「저라면 〈너그러운〉이라는 말을 쓰지 않겠어요. 당신이 아리스토텔레스를 닮은 성품을 타고났다는 건 인정하죠. 하지만 제비 한 마리가 돌아왔다고 봄이 온 것은 아니에요.」

「당신이 날 아리스토텔레스를 닮았다고 해서 기분이 좋다면, 내가 허영심이 많은 사람이오?」

「그건 저도 모르겠어요. 제가 알고 싶은 건 봄이 왔다고 선언하기 위해 당신에게 몇 마리의 제비가 필요한가 하는 거예요.」

「두고 봅시다.」

「치명적인 위반이 행해지기 전, 당신들의 평화로운 동거는 평균적으로 얼마나 지속됐죠?」

「규칙은 없지만, 6개월 이상인 적도, 3주 이하인 적도 없었소. 몇몇 여자는 다른 여자들보다 참을성이 많았소.」

「3주라…… 미친 사랑에 빠져들기엔 짧네요.」

「6개월 역시. 미친 사랑에 빠지면 기간은 언제나 너무 짧다오. 프로세르핀과 보낸 8주를 당신에게 자세히 얘기해 줄 수도 있겠지만, 당신이 지루해할까 봐 두렵군. 사랑은 그것을 느끼는 사람에게는 가슴 설레는 일이지만, 다른 사람들에겐 지겹기 짝이 없지!」

「18년 동안 여덟 명의 여자.」

「아홉이지. 당신까지 쳐서. 지금은 살아 있지만.」

「양해해 주신다면 제 얘긴 나중에 하도록 하죠. 따라서 여덟 명의 여자군요. 많은 세월이 흘렀고, 많은 사랑과 죽음이 있었네요. 그동안 당신 시스템의 정당성을 재검토해 본 적이 한 번도 없었나요?」

「없었소.」

「저로서는 이해할 수가 없군요. 사실이 이론을 뒤흔들면 이론을 의심해 보게 되는데.」

「사실이 이론을 뒤흔들지 않았소. 모든 사람이 같은 실수를 저지른다고 해서 그 실수가 심각하지 않은 것은 아니오.」

「그렇다고 해서 그 실수를 저지른 사람들을 모조리 죽여야 하는 건 아니죠. 당신은 정말이지 이상한 가톨릭 신자군요.」

「교회의 눈으로 볼 때, 내 행동은 변호의 여지가 없는 것이오.」

「아! 그런데 왜 태도를 안 바꾸세요?」

「난 막다른 골목에 몰려 있소.」

「살인 장치를 해체하지 못하는 이유가 뭐죠?」

「확신의 결여.」

「그 확신에 도달하려면 도대체 몇 명의 여자를 죽여야 하죠?」

돈 엘레미리오가 껄껄 웃고는 대답했다.

「당신은 알 줄 알았는데.」

「당신의 퀴즈, 짜증스러워요.」

「겁에 질린 사람들이 그렇듯, 당신도 성깔을 부리는군.」

「제 질문에 대답이나 하세요.」

「아홉 이상은 아니오.」

「당신 말 안 믿어요. 확신컨대, 당신은 매번 이번이 마지막이라고 생각했을 거예요.」

「천만에. 한 번도 그렇게 생각해 본 적은 없지만, 이번에는 그럴 거라고 확신하오.」

「정말로 저 이후로는 더 이상 사랑하지 않을 거라고 믿으세요?」

「그럴 거라고 믿는 게 아니라, 그럴 거라는 걸 알고 있소.」

「왜죠?」

「그 질문에 대답하는 건 당신의 지성을 모욕하는 일이 될 것이오. 당신은 확신을 얻는 데 필요한 모든 요소를 가지고 있소. 이번에는 내가 먼저 방으로 물러나리다. 당신 혼자 곰곰이 생각해 볼 수 있게.」

머릿속을 정리해 보려고 애쓰면서 크룩 병을 바닥까지 비운 사튀르닌은 서재를 향해 걸어갔다. 그러고는 낙담의 한숨을 내쉬었다. 〈나에겐 풀어야 할 수수께끼가 있고, 살인자의 말에 따르면 그것을 풀 수단들도 있어. 나한테 없는 건 방법이야. 원한다고 오이디푸스가 될 수 있는 건 아냐. 우연에 맡겨 보자.〉 그녀는 생각을 멈추고 눈을 감은 채 책 한 권을 골랐다.

그녀가 눈을 떴다. 〈성경. 그렇고말고. 그런데 창세기와 묵시록 사이에서 어떻게 좋은 구절을 선택하지?〉

사튀르닌은 책을 떨어뜨렸고, 책은 펼쳐졌다. 그녀는 바닥에 앉아 펼쳐진 곳을 읽기 시작했다. 그것은

〈아가(雅歌)〉의 첫 구절이었다.

> 네게 입 맞추기를 원하니
> 네 사랑이 포도주보다 나음이로구나.
> 네 기름이 향기로워 아름답고
> 네 이름이 쏟아진 향유 같으므로
> 처녀들이 너를 사랑하는구나.
> 왕이 나를 침궁으로 이끌어 들이시니
> 너는 나를 인도하라. 우리가 너를 따라 달려가리라…….

아름다운 구절이었다. 사튀르닌은 몸을 떨었다. 〈아름답지만 나에겐 도움이 안 돼.〉 그 생각에 그녀는 불쑥 화가 치밀었다. 〈아름다우면 나에게 도움이 돼! 이 구절이 명백하게 말하고 있는 게 뭐야? 즐기고, 잔치를 벌이고, 사랑에 빠지고, 포도주를 마셔야 한다는 거잖아. 어디 보자, 그 에스파냐 남자의 머리로 생각을 해야 돼. 그의 잔치는 어떤 거지? 그가 어떻게 즐기지? 그의 향은 어떤 거지? 그의 도취는?〉

그녀는 어떠한 해답도 얻지 못했다. 〈내가 찾으려

고 애쓰기 때문이야. 찾으려고 애쓰면 아무것도 찾지 못해. 하지만 난 적어도 질문을 정할 수는 있었어.〉

사튀르닌은 자기 방으로 올라갔고, 침대에 눕자마자 잠이 들었다.

이튿날, 그녀는 자신의 활동 하나하나에 집중하기로 마음먹었다. 그녀는 꼼꼼하게 이를 닦았다. 전력을 다해 강의를 했고, 파리 지하철 8호선을 탔고, 주의를 기울여 라 투르모부르 역에서 내렸다.

그녀는 인도를 따라 걸었고, 쓰레기통을 지나칠 때는 잡다한 악취를 맡지 않을 수 없었다. 공공 벤치 근처를 지날 때는 지극히 객관적으로 이렇게 생각했다. 〈내가 저 벤치에 앉아 죽음을 기다리지 못할 이유가 어디 있어?〉 그러고는 그 기본적인 질문의 답을 얻지 못한 채 죽을 거라는 결론을 내렸다.

그녀가 니발 이 밀카르 저택의 안마당으로 들어서는 순간, 수수께끼를 풀 열쇠가 번뜩 떠올랐다. 사튀르닌은 그 자리에 굳은 듯 멈춰 섰고, 환하게 웃으며 큰 소리로 말했다. 「그래. 아주 간단한 거였어.」

「지난밤에도 기대를 많이 했는데, 오지 않더군.」

「똑같으면 재미없죠.」

「그래서 이번에는 뢰드레 크리스털을 택했소.」

사튀르닌이 샴페인 병을 쳐다보았다.

「샴페인 병 중에서 가장 아름다운 병이에요. 크리스털과 금을 믿을 수 없을 정도로 훌륭하게 어우러지게 했죠.」

「이래서 내가 당신을 사랑하지 않을 수 없다니까!」

「공공 벤치 근처를 지날 때마다 내가 거기 앉아서 죽음을 기다리지 못할 이유가 어디 있느냐는 생각을 해요.」

「아름다운 질문이오. 당신이 얻은 답은?」

「아직은 모르겠어요. 모든 질문에 답을 찾아낼 수는 없으니까.」

그녀가 빙긋이 웃자, 그가 놀랍다는 듯 눈을 크게 떴다.

「그 병 좀 따주시겠어요?」

「아, 미안하오.」

그들은 세상에서 가장 아름다운 소리를 들었다. 뢰드레 크리스털 병이 마개를 잃었던 것이다. 돈 엘레미리오가 잔을 채웠다. 그들은 금을 위해 마셨다.

「당신이 정말 수수께끼를 풀었다는 걸 내가 어떻게 알 수 있겠소?」 그가 물었다.

「내가 〈7+2=9〉라고 말하면, 납득하시겠어요?」

그가 싱긋이 웃었다.

「그렇소.」

「처음에 숫자들은 나에게 진실을 감췄어요. 처음부터 숫자 7을 떠올렸다면 훨씬 빨리 답을 찾았을 거예요. 7+2는 쉽지 않았어요.」

「계속해 보시오.」

「7은 스펙트럼이에요. 그런데 당신은 여덟 명의 여자를 죽였어요. 나까지 포함하면 곧 아홉이 되겠죠. 우리의 현실에 있어서 스펙트럼의 양 끝에 검은색과 흰색이 — 당신의 지고한 쾌락, 즉 색깔들을 구성하는 것의 절대적인 부재 혹은 현존 — 있다는 것을 전 잊고 있었어요.」

「입맛과 색깔을 두고는 다투지 않는 법이다.」

「맞아요, 바로 그거예요. 우리 그 얘길 해보죠. 색깔이란 게 도대체 뭐죠? 그건 빛의 방사에 의해 생겨나는 감각이에요. 우리는 그것 없이도 살 수 있어요. 어떤 색맹들은 검은색과 흰색밖에 지각하지 못해요. 그래도 다른 사람들 못지않게 잘 살아가죠. 하지만 그들은 근본적인 쾌감을 누리지 못해요. 색깔은 쾌락의 상징이 아니라 궁극적인 쾌락이니까. 워낙 명백한 진실이라 일본어로는 〈색〉이 〈사랑〉의 동의어가 되기도 해요.」

「그건 몰랐소. 멋지군.」

「사랑의 황홀경은 우리가 좋아하는 색깔을 앞에 두고 느끼는 것과 흡사해요. 당신이 당신의 여자들을 위해 만들었던 옷들을 설명할 때 주의를 좀 더 기울였다면, 난 보드게임 클루도[32]에서처럼 각 이름에 색깔을 하나씩 부여할 수 있었을 거예요. 푸른색 망토, 흰색 블라우스, 자주색 장갑이 기억나요. 오렌지색과 일치하는 게 분명한, 불타오르는 저고리도 있었고. 어쨌거나 노란색은 바로 저예요.」

「그 아홉 가지 색조가 미묘하다는 것도 밝혀 둡시다. 난 각 색조에 대해 가장 가슴을 에는 뉘앙스를 택했소. 노란색은 세상에서 가장 추한 색조일 수도 있소. 난 당신을 위해, 형언할 수 없는 찬란함을 당신 눈으로 직접 확인할 수 있었던 점근선의 노란색을 구성했소. 그렇소, 당신은 노란색이오. 당신이 마지막으로 온 건 우연이 아니오. 노란색은 특히 형이상학적인 색이오. 노란색과 검은색의 대조는 인간의 망막에 발현될 수 있는 최대치의 생리학적 대비를 구성한다오.」

「금과 일치하는 스펙트럼의 색깔이기도 하고요.」

「연금술사들도 그것을 이해했었소.」

32 살인 사건의 범인을 추리하는 게임. 머스타드, 화이트, 스칼렛, 그린 등의 이름을 가진 용의자들은 각기 고유의 색상을 지닌다.

「그건 당신을 사로잡는 것들 중 하나인 계란 속에서 생명을 품고 있는 것이기도 하죠.」

「난 노른자가 금으로 된 계란을 꿈꿨소. 이런 광경을 상상해 보시오. 계란을 반숙으로 삶아 용해된 금에 길고 가느다란 빵 조각을 적셔 먹는 거요.」

「당신이 그 얘길 하면서 얼마나 황홀한 표정을 짓는지 좀 보세요. 당신만큼 색깔에 예민하게 반응하는 사람은 거의 없어요. 당신의 경우, 아홉 명의 여자를 사랑하는 건 완벽하게 논리적이에요. 그건 총체성에 이르는 당신의 접근로죠. 당신이 날 죽이고 당신이 선물한 치마를 입혀 사진을 찍으면, 당신의 암실은 완전한 색견본이 될 거예요. 그러면 당신은 염원을 이룬 수집가가 되겠죠.」

「오랫동안 그것을 믿었지만 난 이제 더는 그것을 생각하지 않소. 지난 18년간 동거와 독신 생활의 연속을 경험한 나는 독신 생활도 동거만 한 가치가 있다는 결론에 도달했소. 상을 당했을 때의 충격만 지나가면, 죽은 연인과 동거하는 것도 매력이 없지 않다오.」

「죽은 연인과의 동거라뇨? 시신들이 여전히 여기

있나요?」

「그건 아니니 안심하시오. 모두 샤론 묘지에, 내 부모 곁에 묻혔소. 그 묘지는 참 알 수 없는 곳이오. 아무도 관리를 하지 않거든. 하던 얘기를 계속하자면, 난 당신에 대해선 어떤 예외를 느끼오. 어쩌면 노란색이기 때문에, 당신은 죽으면 많은 걸 잃을 거요. 밝혀두자면, 내 여자 중 몇몇은 죽은 다음이 더 마음에 든다오. 그건 아마도 다양한 색깔들의 떨림에서 기인될 거요. 노란색은 살아 있는 게 더 어울리오.」

「잘됐네요.」

「암실의 살인 장치를 그대로 둔 내가 옳았소. 타인의 비밀을 존중하는 여자가 존재하니까.」

「좋아요. 당신은 드문 진주를 찾았어요. 그러니 이제는 그 장치를 해체할 수 있겠죠?」

「이유는?」

「그냥 예방책으로.」

「무슨 말인지 알겠군. 당신은 날 해를 끼치지 못하게 해야 하는 미치광이로 여기고 있소.」

「색채와 관련된 이유로 여덟 명의 여자를 죽인 남자

답게 판단이 성급하군요.」

「난 미치광이가 아니라, 절대에 사로잡힌, 사랑하는 여자와 자신 사이의 정확한 경계가 무엇인가 하는 끔찍한 질문에 아홉 번이나 직면한 남자요.」

「당신이 제 취향으로는 너무나 최종적인 답을 여덟 번이나 내놓은 질문이죠.」

「하지만 아홉 번째 답은 훌륭할 거요.」

「그걸 알고 계세요?」

「아니. 당신이 가져다주겠지.」

「절 과대평가하는군요.」

「난 단지 당신에게 재능을 뽐낼 기회를 주는 거요.」

「제 잔이 비었어요.」

그가 뢰드레 크리스털을 따랐다. 그녀가 금을 바라보고는 마셨다.

「좋은 샴페인은 생각을 도와요.」 그녀가 말했다. 「지난밤, 당신은 수수께끼와 함께 절 홀로 뒀어요. 전 우선 크룩 병을 다 비웠어요. 샴페인이 나에게 훌륭한 조언을 해줬죠. 그리고 당신 서재로 가서 무작위로 책 한 권을 집었는데, 그건 성경이었어요. 제가 그걸 바닥에 떨어뜨렸고, 책은 〈아가〉가 시작되는 곳에서 펼쳐졌죠.」

「정말이오?」

「그 몇 개의 구절이 저에게 큰 도움을 줬어요. 그건 잔치를 즐기고 기쁨을 누리라는 명령이었죠. 그래서 전 당신의 잔치가 무엇일까 하고 생각해 봤어요. 마침내 제대로 된 질문을 던졌던 거죠.」

「그 구절들이 사랑을 하라고 권하는 것은 보지 못했소?」

사튀르닌은 그의 암시를 무시하고 말을 이었다.

「제가 그 구절에서 이해한 건 각 체계는 쾌락의 정점을 지향하고, 그것과 관련하여 구성된다는 것이었어요. 어쩌면 우주의 모든 버전들이 우리가 그 격렬함을 상상조차 할 수 없는 유일한 희열을 향해 수렴되고 있을지도 몰라요. 그건 개인적인 차원에서도 사실이에요. 살아 있는 모든 것은 최대한의 환희를 갈망하죠.」

「당신이 갈망하는 최대한의 환희는 무엇이오?」

「당신이 부모도 살해했을 거라고 믿었던 절 용서하세요. 당신을 잘 몰라서 그랬던 거니까. 그건 색채와 관련된 당신의 방식에 부합되지 않았어요. 전 그때까지는 당신의 사고방식을 이해하지 못하고 있었어요. 멍청하게도 사람이 과연 폭발해서 죽을 수 있을까 하는 문제에만 계속 매달렸죠. 그 후로 전 그 황당함이 진실을 말해 주고 있다는 걸 깨달았어요. 사람들은 무엇보다 그것 때문에 거짓말을 해요. 그런데 당신은, 당신은 절대 거짓말을 하지 않죠. 그래서 당신이 하는 말의 4분의 3이 그토록 터무니없는 거예요.」

「그럼 왜 내가 나에 대한 당신의 사랑을 말할 때마다 슬그머니 꽁무니를 뺐소?」

「당신 생애 처음으로 살아 있는 여자의 사진을 찍는다면?」

돈 엘레미리오의 안색이 창백하게 굳었다. 그 반응에 힘을 얻은 사튀르닌은 자신의 계획이 옳았다는 심증을 굳혔다. 그래서 그에게 이의를 제기할 여유를 주지 않았다.

「당신이 핫셀블라드를 가져오는 동안, 저는 달려가서 치마를 입고 올게요.」

그녀는 자기 방으로 달아났다. 치마의 안감이 그윽

하고 부드럽게 그녀의 다리를 어루만졌다. 그녀가 돌아오자, 그가 그녀에게 핫셀블라드를 보여 주었다.

「잘 해낼 수 없을까 봐 두렵소.」

「두려움도 쾌락의 일부예요.」

그는 그녀를 방 안의 매끄러운 밤색 색조가 옷의 광채에 해가 되지 않는 한 규방으로 데리고 갔다. 그녀는 직물의 금색이 이미지를 가득 채우도록 소파 위에 서서 포즈를 취했다.

그는 바닥에 몸을 뻗고 누워, 그녀의 얼굴이 치마에서 피어나는 것처럼 보인다고 말하고는 셔터를 눌렀다.

환하게 빛을 발하는 그들의 환희에 가려 플래시 불빛은 거의 느껴지지 않았다.

「됐소.」 그가 말했다.

「농담하지 마세요! 우린 단 한 장의 사진을 찍는 것으로 그치지 않을 거예요.」

「난 늘 그런 식으로 해왔소.」

「죽은 여자들하곤 그랬죠. 살아 있는 여자하고는 모든 자세를 시도해 봐야 해요.」

「그렇다면 뢰드레 크리스털 병을 가져와야 하지 않

겠소? 우리에겐 연료가 필요할 테니까.」

그녀가 동의했다. 전쟁에 화약이 있어야 하듯, 사진에는 샴페인이 있어야 하니까. 사튀르닌은 자신의 역할을 다했다. 샴페인 잔을 주기적으로 채워 가며 손에서 놓지 않은 채 그녀는 차례로 고르고노스,[33] 13세기 말 성당 기사, 화성의 파고다, 카르타고의 우상, 음몽마녀, 인도 여신 파르바티, 일본 태양의 여신 아마테라스, 막달라 마리아, 릴리스,[34] 에르체베트 바토리,[35] 은하계 사이에서 양봉을 하는 여자가 되었다. 돈 엘레미리오는 각 인물을 구현할 배경, 대비, 빛을 발명해 냈다.

그 경험은 그들의 넋을 빼놓았다. 그때까지 사튀르닌은 입에 음식을 가득 물고 찍은 가족사진 외에는 사진을 찍어 본 적이 없었고, 돈 엘레미리오는 죽어서 고분고분할 수밖에 없는 여자들 사진만 찍었다. 전혀 새

33 Gorgone. 머리카락이 뱀 모양이며, 이를 본 사람을 돌로 변하게 만드는 세 자매 괴물 중 하나.

34 Lilith. 유대교 신비철학에 의하면, 아담에게는 이브 이전에 릴리스라는 동반자가 있었다고 한다.

35 Erzsébet Báthory(1560~1614). 루마니아의 실제 인물. 젊음을 유지하기 위해 처녀 수백 명을 죽여 그 피로 목욕을 하거나 마셨다고 한다.

로운 경험이 그들을 미친 듯이 흥분시켰다. 그들은 서로 전혀 알지 못했던 뭔가를 주고받았다.

그가 자신의 사진을 찍으면 찍을수록, 그녀는 피부 표면으로 축포를 쏘듯 어떤 에너지가 솟아오르는 것을 점점 더 강하게 느꼈다. 그가 은판으로 작업을 했기 때문에, 결과가 바로 나와 김을 빼놓는 일은 없었다. 작품은 기다림의 미스터리를 필요로 하는 법이다. 창조 작업을 할 때는 시간을 부인하지 않는 게 좋다.

샴페인 병이 비자, 사튀르닌은 이제 그만 자러 가야겠다고 선언했다. 그녀는 인사를 하는 둥 마는 둥 하며 뒤도 안 돌아보고 서둘러 방으로 돌아갔다. 그들이 함께 나눈 것이 너무나 강렬해 어떤 에필로그에 이르는 게 불가능했기 때문이었다.

이튿날, 루브르 미술학교에서 돌아온 사튀르닌은 전날 밤에 찍은 사진들이 침대 위에 펼쳐져 있는 것을 발견했다.

하나같이 놀랍기 짝이 없는 사진 50장이 침대를 뒤덮고 있었다. 마치 각기 다른 모델 50명이 포즈를 취한 것 같았다. 〈나에게 이렇게 다양한 얼굴이 있는 줄은 나도 몰랐어.〉 그녀는 생각했다. 다른 한 명이 아니라 다른 50명이 되는 것은 얼마나 멋진 일인지! 잘 나오지 않은 사진들조차 그녀를 황홀하게 했다. 그 에스파냐 남자는 그녀에게서 모든 것을 포착해 냈다. 추한 것과 아름다운 것, 연약한 것과 단단한 것.

멜렌이 저녁 식사를 위해 그녀를 부르러 왔다. 돈 엘레미리오가 작은 바닷가재를 쌓아 두고 그녀를 기다리고 있었다.

「사진, 고마워요.」 그녀가 말했다.

「오히려 내가 고맙소. 나도 그런 경험을 해본 건 처음이오. 어떤 사진이 가장 마음에 드오?」

「다 마음에 들어요. 한꺼번에 펼쳐 놓고 보니 너무 좋아요.」

그가 크룩 클로 뒤 메닐 1843 샴페인 병을 땄다. 취향이 세련된 사람이었기 때문에 그는 그것이 세상에서 가장 비싼 샴페인이라는 사실을 굳이 밝히지 않았다. 게다가 그는 그 사실을 까맣게 잊고 있었다.

「암실에는 어떤 사진을 걸면 좋겠소?」 그가 물었다.

「정말 그 방에 그 사진들 중 하나를 걸어야만 하나요?」 신의 넥타에 입술을 적신 다음 그녀가 말했다.

「물론이오. 안 그러면 색깔 하나가 부족할 테니까.」

「어쩌면 하나가 부족해야 할지도.」

「당치 않은 소리. 그건 미학적인 실수가 될 것이오.」

「전 그렇게 생각하지 않아요.」

「이리 와보시오.」

돈 엘레미리오는 사튀르닌을 검은 문 앞으로 데리고 갔다. 그녀는 그가 저온 생성 잠금장치를 정지시키는 걸 확인하고 그를 따라 방 안으로 들어갔다.

파라오 투탕카멘의 영묘로 들어가는 것도 그처럼 으스스하지는 않았을 것이다. 전구 하나가 검은 벽에 일정한 간격을 두고 걸린 여덟 장의 초상 사진을 밝히고 있었다. 아홉 번째 초상 사진을 걸 자리가 비어 있었다. 그 빈 공간이 그녀를 전율하게 했다. 그녀는 여덟 번이나 그 방을 채웠던 임종의 고통이 느껴지는 것 같아 심호흡을 했다.

「소개해 주세요.」 그녀가 차갑게 말했다.

그 요구에 매혹된 그가 각 사진 앞에서 예를 표하고는 말했다.

「내 사랑 에믈린, 여긴 내가 지금 사랑하는 여자 사튀르닌이오. 내 사랑 프로세르핀, 여기는 내가 지금 사랑하는 여자 사튀르닌이오. 내 사랑 세브린…….」

사튀르닌은 초상 사진들을 한참 동안 쳐다보았다. 사진들은 지나칠 정도로 훌륭했다. 그것은 뭔가가 잘

못됐다는 것을 증명했다. 그 뭔가는 죽음이라 불리는 것이었다. 그 아름다운 여성들의 얼굴은 강력한 힘으로 어떤 불편함을 뿜어 내는 유약에 의해 고정되어 있었다.

그 사진들을 본 사람은 그 여자들이 죽었다는 것을 모를 수 없을 뿐만 아니라, 의심의 여지 없이 그들이 살해당했다는 것을 알 수 있었다.

「그들이 하는 말이 들리세요?」 사튀르닌이 물었다. 「여덟 장의 사진에서 울려 나오는 목소리는 하나같이 〈내 사랑, 어떻게 절 구하러 오지 않을 수 있었나요?〉라고 묻고 있어요.」

「색깔에 대해서는 평을 하지 않는군. 색깔들이 놀라울 만큼 충만하다고 생각지 않소? 색깔은 그들 각각의 귀족적인 부분이오. 그리고 여긴 당신 자리요.」 비어 있는 벽을 가리키며 그가 말했다.

「죽은 여자 사진들 틈에 산 여자의 사진을? 생각도 하지 마세요.」

「나에겐 노란색 아내가 필요하오!」 그가 항의했다. 「성경에 가장 많이 나오는 색깔이 뭔지 아시오?」

「몰라요.」

「금색이오. 그건 바로 당신이오, 내 사랑.」

사튀르닌은 자신이 죽은 여자들처럼 불리는 것을 듣고 몸을 떨었다.

「전 당신이 제 사진을 여기 두는 게 싫어요.」

「굳이 당신의 허락을 받지는 않겠소. 색견본은 완전해야 하니까.」

「타인의 욕망을 고려해 본 적 있으세요?」

「그 여자들이 내 욕망을 어겼다는 사실을 당신에게 상기시켜 주고 싶군.」

「그럼 저는요?」

그가 당황한 기색을 내비치자, 그녀가 말을 이었다.

「전 당신의 욕망을 존중했어요. 당신이 절 암실로 초대할 때까지 기다렸죠. 제가 완벽하지 않았나요?」

「당신은 괜히 금이 아니오.」

「그러니까 당신도 제 욕망을 배려해 줘야 마땅하지 않나요?」

「이해할 수가 없군.」 그가 한숨을 쉬며 말했다. 「내가 찍은 당신 사진이 마음에 안 드오?」

「너무 마음에 들어서 이 으스스한 곳에는 걸고 싶지 않아요.」

「으스스하다고, 이 사랑의 성소가?」

「마치 정육점 냉장고 같아요.」

그가 웃음을 터뜨렸다. 사튀르닌은 그 웃음에 묻어나는 교만을 놓치지 않았다. 그녀는 자신이 등을 돌리자마자, 그가 사진을 예정된 자리에 걸리라는 것을 알았다.

사튀르닌은 단 일 초도 망설이지 않았다. 그녀는 단숨에 방을 벗어나 저온 생성 잠금장치를 작동시키고 문을 닫았다. 그러고는 문에 등을 기대고 기다렸다.

「사튀르닌?」 마침내 자신의 이름을 부르는 소리가 들려왔다.

「여기 있어요.」 그가 자신의 이름을 부른 게 처음이라고 생각하며 그녀가 말했다.

「안에서는 문을 열 방법이 없소.」

「그럴 줄 알았어요. 안 그랬다면 여덟 명의 여자가 죽지 않았을 테니까.」

「날 여기서 꺼내 줄 수 있겠소, 제발?」

「한 가지 조건이 있어요. 노란색 자리는 비워 두겠다고 맹세한다면.」

「난 거짓말을 못 하오. 난 그 맹세를 할 수가 없소.」

「그렇다면 죽는 수밖에.」

「그건 무지개를 창조하는 신에게 노란색은 포기하라고 강요하는 거나 마찬가지요.」

「당신에겐 안됐네요. 당신은 이제 곧 얼어 죽는 게 어떤 건지 알게 될 거예요.」

「내가 죽어 가는 동안 그곳에 남아 말동무가 되어 줄 수 있겠소?」

「그럴 순 없어요. 크룩 클로 뒤 메닐 1843의 김이 빠질 테니까. 당신 없이 저 혼자 그걸 마시는 즐거움을 맛볼 거예요.」

「사튀르닌?」

그녀는 그가 문에 등을 기대고 있는 걸 느꼈다. 그들의 몸은 2센티미터 두께의 나무에 의해 분리되어 있었다.

「당신은 내가 지난 열흘 동안 당신의 등심초 색깔 눈동자를 바라보며 맛보았던 열락을 상상도 못 할 거요.」

그녀는 더 이상 대답하지 않았다. 그녀는 그곳을 뜨기 전에 검은 문에 대고, 죽음을 선고받은 자가 목덜미를 기대고 있을 높이에 대고 입을 맞추었다.

그녀는 예고했던 것과는 반대로 혼자 크룩을 마저 비우지 않았다. 왜냐하면 혼자 마시는 걸 끔찍하게 싫어했으니까. 그녀는 술병은 배낭에, 톨레도 크리스털 잔 두 개는 외투 주머니에 집어넣었다.

라 투르모부르 가. 그녀는 마음을 가라앉히기 위해 무작정 걸었다. 〈난 밤새 바깥에 있어야만 해. 안 그러면 그 사람을 풀어 주고 말 거야.〉 그녀는 이렇게 생각했다. 날이 추웠다. 하지만 그 순간 암실보다는 덜 추울 터였다. 그녀는 희생자와 연대하는 의미로 추위에 몸을 떨었다.

왜 그렇게 슬퍼 보이냐고 묻는 거지에게 그녀는 대답했다.

「이름이 사튀르닌이라서요.」

슬픔에 빠져 질퍽대는 성격이 아니었기에, 그녀는 휴대전화로 코린에게 전화를 걸었다.

「나하고 최고급 샴페인 마시며 바깥에서 하룻밤, 어때?」

「갈게.」

지하철역 근처에서 공공 벤치 하나를 발견한 그녀는 그곳에 앉아 친구를 기다렸다. 그녀 앞에 둥근 지붕에 금박을 새로 입힌 앵발리드가 우뚝 서 있었다. 이상적인 조명 덕에 금빛이 더욱 도드라져 보였다. 사튀르닌에게는 그 찬란함에 감탄할 시간이 충분히 있었다.

돈 엘레미리오가 숨을 거두는 바로 그 순간, 사튀르닌은 금으로 변했다.

옮긴이의 말

그는 프랑스로 망명한 에스파냐 귀족의 후예다. 마흔 네 살의 우울한 남자, 세상의 천박함에 염증을 느껴 파리 시내의 저택에서 20년째 두문불출 은둔 생활을 한다. 무슨 재미로 사느냐고? 귀족의 품격도 지키고, 요리도 하고, 옷도 짓고, 종교 재판 기록도 읽고 …… 그리고 방을 세놓는다. 그는 거미처럼 방을 미끼로 여자들을 유인한다(방? 어떤 방?). 이 남자, 어딘지 모르게 아주 세련된 연쇄 살인마의 분위기를 풍긴다.

그녀는 비정규직(대리 교원) 일자리를 얻어 파리로 온 벨기에 여자다. 스물다섯 살의 당찬 시골 아가씨, 막 시작한 사회생활과 타향살이, 어떠한 위험이든 맞설 각오가 되어 있다. 그럼 뭐가 문제냐고? 마냥 친구 집에 얹혀 살 수 없어 당장 방을 구해야 한다. 그래서 그의 저택을 찾아간다. 그런데 이 아가씨, 어딘지 모르게 FBI 신입 요원의 분위기를 풍긴다.

(여기서 잠깐, 이후 내용은 스포일러가 될 수 있으니 흥미로운 결말을 아껴 두고 싶은 독자는 그와 그녀의 이야기부터 읽는 게 나을 것 같다.)

〈미녀와 야수의 대결〉, 아멜리 노통브가 끝없이 변주하는 이 주제의 〈푸른 수염〉 버전은 이렇게 시작된다. 그와 그녀, 방을 가진 자와 방을 구하는 자, 비밀을 간직한 야수와 비밀이 궁금한 미녀의 만남으로. 파리 중심가에 있는 터무니없이 싸고 넓고 호화로운 방, 먼저 세 들었던 여자 여덟이 실종되었다는 흉흉한 소문에도 그녀가 위험을 감수할 수밖에 없는 이유이다. 아니나 다를까, 그 저택에는 이상한 방이 하나 있다. 절대 열어서는 안 되는 검은 문 너머의 방, 금지된 암실. 그녀는 자신만만하다. 〈안 열면 되지 뭐!〉 하지만 목숨을 대가로 요구하는 비밀(그 비밀을 간직한 남자)보다 더 큰 유혹이 있을까? 예정된 수순처럼 그녀는 사랑에 빠지고 만다.

그녀는 궁금하다, 금지된 방을 둔 그의 속내가(하느님은 왜 에덴동산에 선악과를 뒀을까?). 〈푸른 수염〉의 방처럼, 그 안에 호기심을 이기지 못한 여자들의 시체가 줄줄이 걸려 있을 것만 같다. 그의 말에 따르면 처음에는 그랬단다, 〈너무 격렬해 경련을 일으키는〉 미친 듯한 사랑에서 잠시 물러나 쉴 수 있는 〈나만의 은신처〉가 필요했다고. 하지만 사랑이 어떤 임계점에 도달하면, 더는 비밀이 없게 되면, 천국이 지옥으로 변하고 만다는 것을 직감적으로 알았던 건 아닐까? 그래서 사랑의 포만감에 질식하지 않기 위해 그 방을 〈나만의 비밀〉로, 금기로 간직하려 했던 건 아닐까? 서로를 속속들이 아는 남녀에게, 속된 말로, 〈지지고 볶는〉 일 외에 무엇이 남겠는가? 그런데 알다시피, 금기는 범하고 싶고, 일단 범하면 돌이킬 수 없다. 문은 뒤에서 저절로 잠기고, 사랑은 차갑게 얼어 버린

다. 그렇게, 그가 사랑했고 사랑하는 여자 여덟 명이 얼어붙은 시신으로 변했다. 하지만 그는 원조 〈푸른 수염〉과는 다르다. 뭐랄까, 훨씬 예술적이고 변태적이다. 그는 가장 아름다운 순간, 가장 아름다운 모습을 박제하려고 한다(덧없이 지나가는 순간의 박제, 우리가 사진을 찍는 가장 큰 이유 아닐까?). 그리고 연쇄 살인마답게, 그것으로 뭔가 체계적인 작품을 완성하려고 한다.

7+2, 그녀는 이 수수께끼를 풀어야 한다. 연쇄 살인마가 완성하려는 것이 뭔지 알아내야 한다. 목숨이, 사랑이 걸린 문제니까. 그래서 결국 알아낸다. 자신이 퍼즐의 마지막 조각이라는 것을, 빨주노초파남보 그리고 흑백, 자신이 그가 완성하려는 완벽한 색견본의 노란색이라는 것을. 그녀가 암실에서 살아나온 건 재빨라서가 아니라 수수께끼를 풀었기 때문이다. 그렇다면 그녀 대신 암실에 갇혀 죽어 가는 그는 마지막 순간에 실패한 것일까? 아니, 어쩌면 그것이, 자신의 죽음으로 작품을 완성하는 것이 그가 원한 것이었는

지도 모른다(〈당신이 날 잡아먹는다면 정말 황홀할 것 같군〉). 하긴, 틈틈이 암실에 들러 완성된 색견본을 둘러보며 홀로 쓸쓸히 늙어 가는 것(더 이상 사랑은 없을 테니까), 그 얼마나 슬픈 일이겠는가! 어쨌거나 그가 숨을 거두는 순간, 그녀는 금으로, 색견본의 마지막 색깔로 변한다. 황당하다고? 절대를 추구하는 예술, 목숨을 건 사랑이 부리는 마술은 그런 것 아닐까?

이상해

옮긴이 **이상해** 한국외국어대학교와 동 대학원 불어과를 졸업하고 프랑스 스트라스부르 대학, 릴 대학에서 박사 과정을 수료했으며 현재 한국외국어대학교에 출강하고 있다. 옮긴 책으로 아멜리 노통브의 『샴페인 친구』, 베르코르의 『바다의 침묵』, 에드몽 로스탕의 『시라노』, 미셸 우엘벡의 『어느 섬의 가능성』, 샨 사의 『바둑 두는 여자』, 『여황 측천무후』, 파울로 코엘료의 『11분』, 『베로니카, 죽기로 결심하다』, 크리스토프 바타유의 『지옥 만세』, 조르주 심농의 『라 프로비당스호의 마부』, 『교차로의 밤』, 『선원의 약속』, 『창가의 그림자』, 『베르주라크의 광인』 등이 있다. 『여황 측천무후』로 제2회 한국 출판 문화 대상 번역상을 수상했다.

푸른 수염

발행일 **2014년 9월 15일 초판 1쇄**
2021년 4월 10일 초판 11쇄

지은이 **아멜리 노통브**
옮긴이 **이상해**
발행인 **홍예빈·홍유진**
발행처 **주식회사 열린책들**

경기도 파주시 문발로 253 파주출판도시
전화 **031-955-4000** 팩스 **031-955-4004**
www.openbooks.co.kr

ISBN 978-89-329-1651-4 03860

이 도서의 국립중앙도서관 출판예정도서목록(CIP)은 서지정보유통지원시스템 홈페이지(http://seoji.nl.go.kr)와 국가자료공동목록시스템(http://www.nl.go.kr/kolisnet)에서 이용하실 수 있습니다.(CIP제어번호 : CIP2014009105)